कोई तो हमें थाम लो

किशोर मन की अनसुलझी कहानियाँ

रेणु प्रसाद

ISBN 979-888530146-6

समर्पण

मेरी यह पुस्तक उन सभी किशोर वय (टीन एजर्स) के लड़के - लड़कियों को समर्पित है जिन्होंने अपने मन की चंचलता , भटकाव, हताशा, अवसाद, पीड़ा ,कुंठा और हीन भावना के जाल में उलझने के बावजूद जीवन की सही दिशा पाने में सफलता प्राप्त की और उन शिक्षकों , अभिभावकों , माता – पिताओं तथा उन सभी लोगों के प्रति भी समर्पित है जो उनका मानसिक संबल बन उन्हें सही राह दिखाने में कामयाब हो सके |

यह पुस्तक उन टीन एजर्स लड़के- लड़कियों और उनके अभिभावकों के लिए एक मार्गदर्शिका भी है जो समस्याओं के चक्रव्यूह में ऐसे घिर चुके होते हैं कि उससे बाहर निकलने का मार्ग ही उन्हें नहीं सूझता है |

आत्मकथ्य

बालपन से गुजरते हुए यौवन की दहलीज पर कदम रखने से पहले हर बच्चे को एक बड़ी ही कठिन अवस्था से होकर गुजरना पड़ता है और यही अवस्था उसके भविष्य निर्धारण में महत्त्वपूर्ण भूमिका निभाती है| अगर उन गलियों की भूल- भुलैया से बचकर वह निकल जाता है तो जिन्दगी बन गयी नहीं तो जीवन भर वे उलझनें उसका पीछा नहीं छोड़तीं|

यह है किशोरावस्था .....बचपन और जवानी के बीच का संधिकाल....हार्मोनल चेंजेज से गुजरता हुआ बड़ा ही जोखिम भरा समय| बड़ी ही विचित्र कहानी होती है - न तो मन से पूर्ण विकसित और न ही तन से पूर्ण विकसित और मजे की बात यह है कि समझते वे अपने को किसी से कम नहीं| झल्लाहट तब होती है जब उनकी गिनती न तो बड़ों में होती है और न ही छोटों में|छोटों के बीच हों तो बड़े होने का ताना और बड़ों के बीच बैठ जाएं तो छोटे होने का उलाहना| ऐसे में वे जियें तो जिएँ कैसे ?

लगभग सारा किशोर वर्ग यानी 'टीनएजर्स' अनेक अलग –अलग कारणों से शारीरिक और मानसिक प्रताड़ना का शिकार है| मन से पूरी तरह समझदार न होने के कारण प्रतिकूल परिस्थितियाँ आने पर मन में एक डर समा जाता है चाहे वह पिता की डांट का डर हो या शिक्षक की डांट का, किसी अनजान व्यक्ति की धमकी का या किसी रिश्तेदार के द्वारा अनैतिक दबाब का डर और इस भय का शासन तब तक मन पर चलता रहता है जब तक कोई सही दिशा निर्देश देने वाला नहीं मिल जाता है| मार्गदर्शक का भी कार्य भी तब तक उतना सरल नहीं होता है जब तक उन्हें वह अपने विश्वास में नहीं लेता|

अपने शिक्षण कार्य के दौरान मुझे ऐसी अनेक परिस्थितियों का सामना करना पड़ा क्योंकि मेरा सम्बन्ध इसी उम्र के बच्चों के साथ था| इस उम्र के बच्चों को समझने और उनका विश्वास जीतने के लिए बड़े धैर्य और संयम की जरुरत होती है ऐसा मेरा अनुभव है| ऐसी स्थिति में चाहे उसके माता- पिता ,शिक्षक या रिश्तेदार हों सभी को अपना व्यवहार संतुलित रखने की आवश्यकता होती है|

इस पुस्तक को लिखने का मेरा उद्देश्य कुछ इन्हीं से सम्बंधित परिस्थितियों, समस्याओं और समाधान की ओर सबका ध्यान आकर्षित करना है| मेरी सभी कहानियां किशोर वय के मनोभाव

,उलझनों और भटकाव में घिरती हैं लेकिन उनसे उबारने के लिए उनका हाथ थामने के लिए उनके अभिभावक या शिक्षक या कोई रिश्तेदार आगे आते हैं जिनके सहारे उन्हें भटकाव से मुक्ति मिलती है| चाहे वह 'बहकते कदम' की मिस श्यामली हो या 'विरक्त मन' की मौली मैम हो अथवा 'इम्तिहान' का जतिन| जहां ऐसे मार्ग दिखानेवाले नहीं होते वहीँ ये रास्ता भटक जाते हैं या आत्महत्या करने को अग्रसर हो जाते हैं| इसलिए जरुरत है कि हम इस उम्र की पेचीदगियों को समझे और उसी के अनुरूप व्यवहार करें|

वर्तमान में इस उम्र के सामने इंटरनेट ,सोशल मीडिया आदि के कारण चुनौतियां और भी ज्यादा बढ़ गयी हैं| इन्हें हमारे छाँव और मार्गदर्शन की जरुरत है|

इस दिशा में भी बहुत कुछ किया जा रहा है लेकिन अभी भी बहुत कुछ करने की आवश्यकता है| बच्चे के भविष्य के निर्माण की नींव तो इसी समय पड़ जाती है और नींव ही खोखली रहेगी तो भविष्य की इमारत बुलंद कैसे होगी ? इस नींव को हमारे सहारे की जरुरत है और जिस प्रकार एक भवन निर्माण करने वाले कारीगर को पता होता है कि उसे कहाँ कारीगरी दिखानी है उसी प्रकार हमें यह समझना होगा कि उन्हें हमारे सहयोग की कब, कहाँ और किस रूप में जरुरत है| कब उन्हें भावनाओं के स्नेहिल स्पर्श की चाह है और कब उनको मानसिक संबल की आस है|

अपने सभी विद्यार्थियों की शुक्रगुजार हूँ जिनसे मैं जुड़ पायी और उनको समझ पाई और आज वही इस 'कहानी संग्रह' की प्रेरणा बने|मैं अपने साथियों की भी आभारी हूँ जिनके अनुभवों ने मेरा कार्य काफी सुगम कर दिया| इस पुस्तक की कवर डिजाइनिंग के लिए मेरा अपने भतीजे प्रमेय अक्षुण्ण बहुत बहुत आशीर्वाद और प्यार|

क्रम-सूची

1

किशोर मन की पुकार

कोई तो थाम लो हमें
कोई तो जान लो हमें
नयी फसल की नयी पौध हैं हम्
कड़ी धूप नहीं सह सकते हम
छाँव की राह तकते हैं हम
हम हैं भोले भाले सीधे साधे
जग के छल छद्‌मों से अनजाने
नहीं परख है लोगों की
नहीं समझ है हालातों की
जिसने चाहा वैसे नचा दिया
बचपन की दहलीज लांघ कर
तन औ मन ने ली है अंगड़ाई
सजीले सपनों पर छाई है तरुणाई
पर उसकी चमक से चुंधियाती है आँखें
मंजिल दिखती नहीं, खुलती नहीं हैं पांखें
हर बात में टोका जाता है
मनचाहे काम से रोका जाता है
हमारी गिनती छोटों में नहीं तो
हमारी जगह बड़ों में भी नहीं

जियें तो कैसे जियें ?

हम खुद हैरान है देख
अपने अन्दर होते बदलाव को
इस उलझन में उलझे हम
नहीं रख पाते संतुलित अपने व्यवहार को
और घिरा पाते हैं तानों -उलाहनों से खुद को
रिश्तों की भीड़ में भी अकेले हैं हम
अनजाने डर से सहमे रहते हैं हम
निर्णय लेने में सक्षम नहीं है हम
अनुभव से कच्चे पर मन से सच्चे हैं हम
कच्ची मिटटी से बने हुए हैं हम
हमें सांचे में गढ़ने वाला चाहिए
हाथ थाम कोई राह दिखाने वाला चाहिए|

2

बहकते कदम

किशोरावस्था में बाहरी दुनिया बड़ी लुभावनी लगती है| विशेषकर लड़के लड़कियां एक दूसरे के प्रति आकर्षण को सच्चा प्यार समझ उसे ही जिंदगी का सच मान बैठते हैं और हताशा में आत्महत्या की ठान लेते हैं| नासमझ मन को इस भटकाव से कौन उबारे ? कौन हैं इसके जिम्मेवार ? यही आधार है इस कथा का ......

'मम्मी मैंने कितनी बार आपको बोला है न मेरी चीजों को हाथ न लगाया कीजिए ..फिर भी आप हाथ लगाने से बाज नहीं आती हैं|' सीमा लगभग चीखते स्वर में बोल पडी|

आज शनिवार था| अभी सुबह के नौ बज रहे थे| अमूनन शनिवार को स्कूल की छुट्टी रहती है और बच्चे देर से उठते हैं इसलिए नाश्ता बनाने के बाद शीतल अपनी बेटी के कमरे में उसे जगाने आयी थी| कमरे की खिड़की खोलकर सीमा को जागने के लिए दो – तीन बार आवाज लगाईं पर वह बस कुनमुनाकर रह गयी|

कमरा इतना अस्त-व्यस्त था कि उससे रहा न गया| शीतल ने सोचा जबतक वह उठती है तबतक स्टडी टेबल पर बिखरी उसकी किताबे ठीक कर देती हूँ| अभी उसने पहली किताब ही उठाई थी कि सीमा की तेज आवाज कानों में पडी|

हाथ से किताब गिर पडी और वह घबरा कर बोल पडी— 'नहीं ,नहीं मैं कहाँ तुम्हारी चीजों को हाथ लगा रही हूँ ...वो तो टेबल अस्त व्यस्त देखकर ठीक करने लगी|'

'आपको इसकी चिंता नहीं करनी है ...वह लगभग बिस्तर से छलांग लगाती हुई शीतल तक पहुंची और किताब छीनते हुए बोली ....मैं अपना कमरा खुद ठीक कर सकती हूँ| आप जाइए अपना काम कीजिये|'

शीतल की आँखें बरबस ही भर आयीं| इसलिए नहीं कि सीमा ने ऐसा क्यों कह दिया बल्कि दिनोंदिन उसका बात करने का तरीका बिगड़ता जा रहा था|वह ऐसे बात करने लगी थी जैसे वह उसकी कोई बड़ी दुश्मन हो|

वह चुपचाप बालकनी में आ वहां रखी आरामकुर्सी पर बैठ गयी| सीमा को लेकर उसके मन में बड़ी चिंता सताने लगी थी| सीमा का यह व्यवहार सिर्फ आज ही ऐसा था यह बात नहीं थी| तीन चार दिनों पहले भी उसके स्कूल से लौटने पर जब उसने होमवर्क जानने के लिए उसका स्कूल बैग खोलना चाहा तो उसने तेजी से आकर अपना बैग उसके हाथों से छीन लिया था| लगभग पंद्रह दिनों से वह उसके व्यवहार में बदलाव को महसूस कर रही थी|वह देख रही थी कि उसका मन किसी काम में नहीं लग रहा था| अच्छे से खा – पी भी नहीं रही थी| कहीं स्कूल में तो कुछ नहीं हुआ जो वह उसे बताना नहीं चाह रही हो|स्कूल जाकर पता करना होगा|ऐसा चलता रहा तो यह लड़की पढ़ाई में तो पिछड़ ही जाएगी|

शीतल का ऐसा सोचना जायज भी था| उसके पति उसके साथ नहीं रहते थे|फ़ौज की नौकरी थी और इन दिनों सिक्किम में पोस्टेड थे| यहाँ के प्रतिष्ठित अंग्रेजी मीडियम स्कूल में बच्चों का दाखिला हो गया था| इसलिए उनके भविष्य को देखते हुए उसे बच्चों के साथ यहाँ रुकना पडा था| पति साल में दो या तीन बार 15-20 दिनों की छुट्टी में आते और जितने दिन रहते घर में मिलिट्री अनुशासन रहता| बच्चों की इच्छाएं तो पूरी करते लेकिन उनकी पढ़ाई को लेकर बड़े कठोर रहते| स्कूल में जाकर उनके टीचर्स से मिलना, उनकी पढ़ाई की प्रगति के बारे में जानना और उसके अनुसार उनसे काम करवाना और समय पर काम न होने पर दंड देना उनके स्वभाव में था| इसलिए बच्चों में पापा के प्रति एक डर था जो

एक प्रकार से शीतल के लिए सही भी था|उनकी गलती या जिद पर उनके पापा का नाम लेकर वह उन्हें अनुशासन में रख पाती थी|

लेकिन शीतल आज खुद को बेहद असहाय महसूस कर रही थी| सीमा उम्र के ऐसे दौर में थी जब सही गलत में अंतर कर पाना मुश्किल होता है| कक्षा सात में पढनेवाली 13 साल की कच्ची उम्र वाली सीमा जो अपनी हर बात उससे शेयर करती ,अब चुप रहने लगी थी| लगता ,जैसे कुछ छिपा रही हो| वह उस के साथ किसी प्रकार की डांट- फटकार या जोर- जबरदस्ती नहीं करना चाहती थी क्योंकि वह जानती थी कि ऐसा करने से इस उम्र में बच्चे विद्रोही स्वभाव के हो जाते हैं और बाद में गलत कदम उठा लेते हैं| शीतल को लगा सोमवार को स्कूल जाकर उसके टीचर्स से उसे मिलना चाहिए|

सोमवार को सीमा स्कूल जाने के लिये तैयार हो ही रही थी कि उसकी सहेली श्रुति उसे बुलाने पहुँच गयी| बैग में जल्दी से टिफिन डालते हुए रोज की तरह 'बाय मम्मी' कह वह तेजी से निकलने लगी|

'अरे नाश्ता तो करती जा' –शीतल ने किचेन से ही आवाज लगाई|

'नहीं मम्मी, देर हो रही है , बस छूट जायेगी और अभी भूख भी नहीं है| स्कूल में खा लूंगी|'कहती सीमा श्रुति के साथ उड़नछू हो गयी|

बस स्टॉप पर पहुँचते ही सीमा बोल पड़ी – "अरे श्रुति ,तुझे तो एक बात बताना ही भूल गयी| शनिवार को सुबह मैं बाल-बाल बच गयी|'

'कैसे यार ?'

'अरे, वही तो बता रही हूँ .... उस दिन सुबह में मम्मी मुझे जगाने मेरे कमरे में आई और मेरी टेबल अस्त व्यस्त देखकर ठीक करने लगी ही थी कि तभी अचानक मेरी आँख खुली तो देखा उनके हाथ में वही किताब थी जिसमें सौरभ को लिखा लेटर था| मैंने तुरंत वह किताब उनसे छीन ली|'

'अच्छा हुआ ,आंटी के हाथ में नहीं पड़ा|अच्छा बता , सौरभ से फोन पर बात हुई ? उसने क्या कहा?'

'कहाँ यार.....मैंने कई बार उसे फोन किया लेकिन उसने उठाया ही नहीं|पता नहीं क्यों ,वह मुझसे कन्नी कटा रहा है ....' तभी बस आती दिखी और बात अधूरी रह गयी|

विद्यालय का बड़ा सा प्रांगण|सभी बच्चे प्रार्थना करने में मग्न थे - देयर शैल बी शावर्स ऑफ़ ब्लेसिंग्स ......का समवेत स्वर प्रांगण में गूंज रहा था| प्रार्थना ख़त्म होते ही माइक पर सिस्टर रोजी का स्वर गूँज उठा – Seema and Shruti of 7 B meet me after assembly immediately and others can go to their respective classes .

श्यामली मैम चौंक गयी| यह तो उनकी क्लास के लिए घोषणा थी| जरुर दोनों बात कर रही होंगी| उनके यहाँ खड़े रहते इन लड़कियों की हिम्मत कैसे हुई बात करने की और वह भी प्रार्थना के समय, उनका पारा चढ़ने लगा| लेकिन जब तक वह उनसे पूछती तब तक वे जा चुकी थीं|

मिसेज श्यामली गुप्ता इस विद्यालय की पुरानी और बड़ी प्रतिष्ठित शिक्षिका थीं| उम्र लगभग 45-50के आस पास| बच्चों में बहुत ही लोकप्रिय क्योंकि उनके साथ उनका बड़ा ही दोस्ताना व्यवहार रहता था| वह अपने विषय में अद्भुत ज्ञान रखती थी लेकिन अनुशासन में बड़ी ही सख्त थीं| उनका व्यक्तित्व बड़ा ही सौम्य था| बंगाल की कलफदार तांत की साड़ी पहने ,माथे पर एक छोटी सी बिंदी, होंठों पर हलके गुलाबी रंग की लिपस्टिक जो उनके गोरे चेहरे पर खूब जंचती ,लम्बी चोटी और कलाइयों में साड़ी के रंग से मिलती चूड़ियां पहने जब कक्षा में प्रवेश करतीं तो बच्चे उन्हें देखते ही रह जाते ,बरबस ही उनके प्रति आदर उमड़ पड़ता|

आज उनका पहला पीरियड फ्री था इसलिए गुस्से को जज्ब करते स्टाफरूम की ओर बढ़ चलीं| वहां घुसते ही लता मैम ने टोक ही दिया –'श्यामली दी आपकी क्लास की ये दोनों लडकियाँ बड़ी तेज उड़ रही हैं| कल मैंने थर्ड पीरियड में दोनों को डिस्पेंसरी के पास घूमते देखा था| मुझे देखते ही वॉश रूम में घुस गयीं थीं| जरा इन पर नजर रखिये|'

'नहीं ऐसी बात नहीं है ,दोनों मुझसे पूछ कर ही डिस्पेंसरी गयीं थी| बेवजह बच्चों पर शक करने की आपकी आदत अच्छी नहीं है|'

'भई, मुझे जैसा लगा मैंने बता दिया अब आप जानिये क्या करना है|' लता मैम ने सामने खुली कॉपी पर अपनी कलम चलाते हुए कहा|

श्यामली मैम ने कह तो दिया लेकिन उनके माथे पर चिंता की लहरें गहरा गयी थीं|क्लास में भी आजकल सीमा बेचैन सी दिखती|ऐसा

लगता कि उसका तन यहाँ है लेकिन मन कहीं और है|खोई- खोई चुप सी|पहले क्लास में हर काम में आगे रहती इसी कारण उसका नाम प्रीफेक्ट के लिए भी आगे किया था| खैर, उन्होंने उससे बात करने का निर्णय लिया और अगली क्लास की तैयारी करने लगी|बेल बजने ही वाली थी कि सिस्टर रोजी का सन्देश लेकर चपरासी आया कि कोई पेरेंट उनसे मिलना चाहते हैं|

श्यामली मैम ने बाहर आकर देखा तो एक भद्र महिला वाइस प्रिंसिपल की ऑफिस के बाहर रखी विजिटर्स चेयर पर बैठी थी| अमूनन मिलने का समय ब्रेक टाइम होता है लेकिन अगर सिस्टर ने कहलवाया है तो जरूरी होगा| ऐसा सोचकर वे उनके पास गयी|

'नमस्ते! मैं श्यामली गुप्ता, क्या आप को मुझसे मिलना है|'

'नमस्ते मैडम ! मैं शीतल वर्मा| हाँ, मुझे आपसे ही मिलना है| मैं सीमा की मम्मी हूँ|उसको लेकर आजकल मैं बहुत परेशान रहती हूँ| अजीब सा व्यवहार करने लगी है|कुछ भी पूछने पर चिल्लाती है, झल्लाती है ,अपनी किसी चीज को हाथ लगाने नहीं देती है|पहले ऐसा नहीं था अपनी सारी बातें वो मुझसे शेयर करती थी|'

'देखिये इस उम्र में हार्मोनल चेंजेज के कारण बच्चों के व्यवहार में अंतर आ सकता है|घबराइये नहीं, उसके साथ नरमी से ही पेश आइये क्योंकि इस उम्र में बच्चे सख्ती नहीं बर्दाश्त करते हैं और ज्यादा विद्रोही हो जाते हैं|'-श्यामली मैम ने समझाने की कोशिश की|

'मैम ,मुझे ऐसा लगता है कि जैसे मुझसे वह कुछ छुपा रही है| कहीं स्कूल में तो कुछ नहीं हुआ जैसे किसी से झगडा या किसी टीचर से काम न करने पर डांट पडी हो|मैम, मैं बहुत परेशान हूँ|मैं बच्चों को लेकर यहाँ अकेली रहती हूँ|मेरे पति फ़ौज में हैं और अभी सिक्किम में पोस्टेड हैं|कुछ कीजिये|'

'घबराइए नहीं, आप आराम से घर जाइये और उसके साथ दोस्तों जैसा व्यवहार कीजिये|मैं यहाँ देखती हूँ, मैं क्या कर सकती हूँ|हाँ, ज्यादा कुछ गलत लगा तो जरुर बताइयेगा|'

'थैंक्यू मैम, कहकर सीमा की मम्मी तो चली गयी पर श्यामली मैम को भी चिंता होने लगी| उन्होंने सीमा के बदलते रवैये के बारे में नहीं

बताया क्योंकि उन्हें लगा वो सीमा से बात कर के मामले की तह तक पहुँच जाएंगी|

अगले दिन ब्रेक में दो लडकियां दौड़ती हुई स्टाफरूम के दरवाजे तक आयीं| उनमें से एक ने अन्दर आकर श्यामली मैम से थोड़ी देर के लिए बाहर आने का अनुरोध किया| जैसे ही वे बाहर आयीं लड़कियों के सब्र का बाँध टूट गया –

'मैम नीचे चलिए न 12वीं क्लास के एक भैया और 9वीं क्लास की एक दीदी के साथ सीमा की लड़ाई हो रही है|सब मरने- मारने की धमकी दे रहे है|' --एक ने कहा

श्यामली मैम जबतक नीचे उनके साथ गयीं तब तक मामला शांत हो चुका था| सीमा से बहुत पूछने पर भी उसने इसे पर्सनल प्रॉब्लम कहकर टाल दिया|उस समय उन्होंने उसे कुछ नहीं कहा सोचा अकेले में बात करेंगी| लेकिन इसके बाद तीन दिनों तक वह स्कूल नहीं आयी|

चौथे दिन जब सीमा आयी तो एकदम बेजान कमजोर सी|श्यामली मैम ने उससे जब पूछा तो पता चला कि उसे बुखार हो गया था| ऐसे में उन्होंने ठीक से खाने पीने की और अपनी सेहत का ठीक से ख्याल रखने की हिदायत देकर पढ़ाना शुरू कर दिया| उन्होंने सोचा आज ब्रेक में उससे बात कर लेंगी|

ब्रेक में श्यामली मैम ने नाश्ते के लिए अपना टिफिन खोला ही था कि श्रुति और उसकी सहेली नीतू हाँफती हुई स्टाफरूम में इजाजत लेकर अन्दर घुसीं और वहीं से चिल्लाते हुए श्रुति उनके पास आयीं और कहने लगी —मैम.. मैम..सीमा ने वाशरूम में फिनाइल पी लिया है| मैं अभी वाशरूम गयी थी मैंने देखा उसके हाथ में एक छोटी सी बोतल में फिनाइल था|मैं घबरा गयी और आपको बताने आ पहुंची|'

वहां उपस्थित सभी लोग यह सुनकर घबरा गए| श्यामली मैम तो टिफिन खुला छोड़कर ही आनन् फानन में लड़कियों के साथ वाशरूम की ओर भागी| वहां पहुँचने पर देखा कोई नहीं था|

'यहाँ पर तो कोई नहीं है ,तुमने तो कहा था कि सीमा ....

'यस मैम ,मैंने देखा था और उससे कहा भी था कि मैं मैम को इस के बारे में बताने जा रही हूँ| लगता है डर के भाग गयी '—श्रुति बीच में ही

बोल पड़ी|

श्यामली मैम ने वहीं रूककर कुछ सोचा और कहा – 'जाओ 7 बी के प्रीफेक्ट को बुला कर लाओ|'

'यस मैम –बोलती हुई दोनों भागीं| पांच मिनट में ही 7B की प्रीफेक्ट तानिया हाजिर थी|श्यामली मैम ने उसे क्लास से सीमा का स्कूल बैग लाने के लिए कहा|थोड़ी देर में ही वह उसका बैग लेकर आ गयी| उन्होंने तानिया को जाने को कहकर बैग को जब चेक किया तो हैरान रह गयीं एक आईने का टूटा हुआ टुकड़ा ,एक रुमाल में बंधी फिनाइल की कुछ गोलियां और एक प्रेम पत्र मिला जो किसी सौरभ को लिखा गया था|जब उन्होंने उसे पढ़ा तो उनके पैरों तले जमीन खिसकती जान पडी|

'हुंह तो बात इतनी आगे बढ़ चुकी है| सीमा सौरभ को आत्महत्या की धमकी दे रही है| शीघ्र ही कुछ करना होगा| कुछ गलत न हो जाये इससे पहले उसके अभिभावक और वाइस प्रिंसिपल को खबर करनी होगी और सीमा से भी अलग से बात करनी होगी|'-- ऐसा सोचते हुए वह वाइस प्रिंसिपल के कक्ष की ओर बढ़ चलीं|

'मे आई कम इन सिस्टर '

'यस .यस प्लीज कम मिसेज श्यामली| सब ठीक है न...बड़ी घबराई हुई लग रही हैं '--सिस्टर ने बड़ी आत्मीयता से पूछा|

'घबराने वाली तो बात ही है सिस्टर| याद है सिस्टर..... मेरी क्लास की सीमा जिसकी मम्मी कुछ दिनों पहले मिलने आई थी......

'हाँ ..हाँ..याद है वो कुछ परेशान भी थी और हमलोगों ने उन्हें आश्वासन देकर भेज दिया था| क्या हुआ उसको ....सब ठीक है न|'

'नहीं सिस्टर कुछ भी ठीक नहीं है --कहते हुए श्यामली मैम ने वे सारी चीजें उनके सामने रख दी जो सीमा के बैग से मिली थीं|अब हैरान होने की बारी सिस्टर की थी क्योंकि ये सारी चीजें आने वाले खतरे की सूचना दे रहीं थीं|

'वाकई ये गंभीर मामला है| मुझे सबसे पहले इसकी सूचना प्रिंसिपल फादर हेनरी को देनी होगी वे जैसा बताएँगे हमें उसी तरीके से इसे हैंडल करना होगा|'

फादर हेनरी बड़े सुलझे व्यक्तित्व के मालिक थे| विद्यार्थियों के साथ-साथ वे अभिभावकों में भी अच्छे- खासे लोकप्रिय थे|उन्हें जैसे ही इस मामले की जानकारी मिली उन्होंने सीमा के पैरेंट को तुरंत स्कूल आने के लिए स्वयं फोन किया| तब तक सीमा की दो सहेलियों को बुलाकर श्यामली मैम ने सारी बातें पता की कि आखिर इन सब बातों के पीछे का राज क्या है|

पूछने पर सारी बातें साफ़ हो गयीं|सौरभ सीमा के पिता के दोस्त का बेटा था और उसके घर के पास ही रहता था| उसका उसके घर में आना जाना लगा रहता था|कभी सीमा और सौरभ साथ मार्केट या मॉल चले जाते|एक दो बार सीमा की जिद पर ट्यूशन का बहाना कर के वह उसे फिल्म भी दिखाने ले गया था| सीमा को ऐसा लगने लगा कि सौरभ उसे पसंद करता है और प्यार करता है| जैसा कि किशोरावस्था में लड़के और लड़कियां एक दूसरे के प्रति आकर्षण को प्यार समझ बैठते हैं वही यहाँ भी हुआ|सीमा सौरभ पर अपना अधिकार समझने लगी|

इसी दौरान कक्षा 9 की एक लड़की शौर्या ने सौरभ को प्रपोज किया और सौरभ ने उसके प्रस्ताव को स्वीकार कर लिया|अब वह उसके साथ घूमने लगा| उसने सीमा से मिलना जुलना बंद कर दिया| उसका फोन भी रिसीव नहीं करता| बात पता चलने पर सीमा और शौर्या के बीच झगडा होने लगा|शौर्या सीनियर थी इसलिए उसने सीमा को कुछ बड़ी धमकी दे डाली थी और सौरभ भी उसे ही सपोर्ट कर रहा था|इसी से डिप्रेस्ड होकर सीमा यह कदम उठाने चली थी|

दोनों लड़कियों को क्लास में जाने के लिए बोलकर उन्होंने मन ही मन कुछ तय किया|

तभी घंटी बज गयी|वह क्लास जाने के लिए उठी|उन्हें अभी 7 बी में ही जाना था|कक्षा में प्रवेश कर उन्होंने एक गहरी दृष्टि से पूरी कक्षा का जायजा लिया| बच्चे अभिवादन कर बैठ चुके थे| सीमा पीछे की बेंच पर उदास बैठी थी|

उन्होंने कहना शुरू किया –मेरे प्यारे बच्चों ,तुम्हे यह तो पता ही होगा कि इस बार नोटिस बोर्ड के बगल वाले बोर्ड को सजाने की बारी 7 बी की है और मैंने इस बार नए बच्चों को चांस देने का निर्णय किया

है|'सुनते ही बच्चे उत्साहित हो हाथ उठाकर बोलने लगे –'मिस मुझे मौका दीजिये ",मिस मेरी ड्राइंग अच्छी है मैं अच्छी पेंटिंग बना सकता हूँ ",मिस मैं यह अच्छे से कर सकता हूँ '..आदि आदि|

उन्हें शांत करते हुए उन्होंने कहा—मैंने नाम तय कर लिया है|लड़कों में आदित्य और मनीष तथा लड़कियों में सुरभि और सीमा इस काम को करेंगे और ग्रुप लीडर होगी सीमा|सो, सीमा तुम पर विशेष जिम्मेदारी है|तुम्हें ही इन्हें गाइड करना है|'

सीमा ने उठकर कहा --मैम आजकल मेरी तबियत ठीक नहीं है सो किसी और को यह दे दीजिये|

'नो एक्सक्यूज ,यू हैव टू डू एंड आई नो यू कैन डू इट, अंडरस्टैंड ' मैम की बात सुनते ही बह मुंह बनाकर बैठ गयी|

स्कूल से घर पहुँचने पर सीमा अनमनी सी बिस्तर पर जाकर लेट गयी|उसे मैम पर बहुत गुस्सा आ रहा था| आज उसे ही यह बोर्ड सजाने का कार्य देना था किसी और को भी तो दे सकती थी|एक तो वैसे ही उसके साथ सब उल्टा पुल्टा हो रहा है और अब एक यह सिरदर्द|

शीतल ने जब उसे लेटे देखा तो पूछा –' क्या बात है बेटा ,तबियत ठीक नहीं है या कोई परेशानी है?'

'कुछ नहीं मम्मी ,बस यूँ ही थोड़ी थकान है आप चिंता न करें| कहकर उसने अपनी आँखें बंद कर लीं| 'लाओ मैं तुम्हारा सर दबा देती हूँ तुम्हें अच्छा लगेगा –कहते हुए शीतल ने सीमा का सर दबाना शुरू कर दिया|पहले तो सीमा ने नानुकर की लेकिन उसे भी अच्छा लग रहा था सो चुप हो गयी|

'आज स्कूल कैसा रहा बेटा ?' शीतल ने स्वाभाविक तौर पर पूछा|

प्रश्न पूछना था कि वह भड़कती हुई उठ बैठी ---'क्या ख़ाक अच्छा रहेगा ! मुझे तो रह-रहकर श्यामली मैम पर गुस्सा आ रहा है|बोर्ड सजाने का काम दिया तो दिया ग्रूप लीडर भी बना दिया|आप ही सोचिये ,मैंने कभी लीडर का काम नहीं किया है मम्मी|मेरा तो दिमाग ही काम नहीं कर रहा है कि क्या करूँ और कैसे करूँ ?और उस पर मजे की बात यह कि कल तक का ही समय है|'

'अच्छा तो यह है मेरी बिटिया की चिंता का कारण .....

'और नहीं तो क्या ...आज रात भर नींद नहीं आने वाली ..

'क्यों नींद नहीं आएगी ? तुम्हारी मैम ने अगर तुम्हें चैलेन्ज किया है तो तुम्हे भी हार नहीं माननी चाहिए|पहले चलो कुछ खा लो ,फिर मिल कर सोचते हैं|'

'नहीं मम्मी, आपसे नहीं होगा|'

'क्यों नहीं होगा ? तुमने मम्मी को क्या समझ रखा है| मैं तुम्हें कभी हारने नहीं दूंगी|'

'सच में आपसे हो पाएगा ?'

'क्यों नहीं ,प्रयास करने से सब संभव है और मेरी पढ़ाई किस दिन काम आएगी|'

सीमा उत्साहित होकर उठ बैठी|नाश्ता करने के बाद शीतल ने गूगल और यू ट्यूब पर प्रोजेक्ट के कुछ टॉपिक सर्च कर उसे बताया|सीमा ने उसमें से एक विषय चुनकर उसकी मुख्य-मुख्य बातें नोट कर लीं| वह सोचने लगी कि जिसे वह अपने लिए उलझन समझ रही थी मम्मी ने उसे कितना आसान बना दिया| अब वह मम्मी के प्रति अपने पहले के रवैये के लिए शर्मिंदगी महसूस करने लगी|

'क्या हुआ ..अब तो सब ठीक है न ..कल मेरी बिटिया लीडर का काम ..नहीं नहीं 'लीडरयी' कर सकेगी न|' शीतल ने सीमा का उतरा चेहरा देख हँसी करते हुए कहा|

अचानक सीमा शीतल के गले से लिपट गयी और धीरे से 'सॉरी मम्मी' कहकर रोने लगी|

शीतल ने कुछ नहीं कहा उसे रोने दिया सिर्फ उसकी पीठ सहलाती रही|

जब सीमा शांत हुई तो शीतल ने कहा – कुछ बोलना चाहती हो ?

'हाँ मम्मी, आप गुस्सा तो नहीं करेंगी|वैसे गुस्सा होने वाली बात ही है|इसलिए आप जो सजा देंगी मुझे मंजूर है|' फिर उसने अपने और सौरभ के बीच की सारी बातें बता दीं|

सुनकर शीतल ने प्रतिक्रिया में सिर्फ इतना ही कहा –तुम्हें अहसास हो गया है न कि तुमने जो किया वह गलत था बस यही काफी है|जो हुआ उसे भूल जाओ और पढ़ाई पर ध्यान दो| मम्मी हमेशा तुम्हारे साथ है|'

आशा के विपरीत मम्मी का व्यवहार उसे चौंकाने वाला था लेकिन उसे अच्छा लगा कि मम्मी उसके मन को समझ सकी थी|

'मम्मी आप नाराज तो नहीं हैं न ?'

'नहीं बेटे,इस उम्र में ऐसी गलतियां ज्यादातर बच्चों से अक्सर हो जाती हैं लेकिन इस गलती को जो सही समय पर सुधार लेतें हैं वही आगे बढ़ पाते हैं|और तुमने तो गलती सुधार ली है|इसके लिए मुझे तुम पर गुस्सा नहीं गर्व करना चाहिए' ---शीतल ने उसके सर पर हाथ फेरते हुए कहा|

आज सीमा को बड़े दिनों बाद सुकून की नींद आई थी|

दूसरे दिन सुबह वह बहुत उत्साहित दिखी|अपने ग्रुप को गाइड करती हुई मिलकर काम करती हुई| अंतिम पीरियड में ये चारों बच्चे अपना काम दिखाने के लिए श्यामली मैम को बुला कर ले गए| वास्तव में काम बहुत सुन्दरता से किया गया था|प्रदूषण को थीम बनाकर उसके कारण और निवारण सभी को बखूबी दर्शाया गया था|

'एक्सेलेंट वर्क ...यह किसका आइडिया था – मैम ने पूछा|

'मैम, सीमा का' -सभी एक साथ चिल्ला पड़े सीमा के अलावा|

'वेलडन सीमा, कितनी टैलेंटेड हो|ऐसे ही मन लगाकर काम करो आगे खूब अच्छा करोगी और तुमसब ने भी खूब मेहनत की है सभी को बहुत बधाई|'

'थैंक यू मैम '

श्यामली मैम ने देख लिया था सीमा के चेहरे पर आई चमक को|उन्होंने क्लास में भी सभी के सामने चारों बच्चों की तारीफ़ की और ख़ास कर सीमा की कुछ ज्यादा|फिर दूसरे दिन की क्रिएटिव असेम्बली में 'आज का विचार' बोलने उसे भेजा| क्लास का डिसिप्लिन मॉनिटर उस दिन अनुपस्थित था तो उसके आने तक उसे डिसिप्लिन मॉनिटर बना दिया|

सीमा को कोई न कोई काम बताकर उन्होंने उसे ऐसा व्यस्त कर दिया कि उसका ध्यान थोडा सा उधर से हट जाए| यही नहीं उसके हर काम की बीच- बीच में तारीफ़ भी करती जाती|

आज वीकेंड था|सीमा की नींद नहीं खुली थी| शीतल ने उसे जगाया और कहा -उठो सीमा गाँव से फोन आया है कि तुम्हारे दादाजी की तबीयत खराब है|इसलिए हमें थोड़ी देर में गाँव के लिए निकलना होगा|चलो तैयार हो जाओ|

गाँव पहुँचने पर पता चला कि उनकी तबीयत कोई ख़ास ख़राब नहीं थी|फिर क्या था, शीतल ने सीमा के साथ गाँव घूमने का कार्यक्रम बनाया|उन्होंने खेतों की सैर की ,नदी में नौकाविहार किया|सभी भाई-बहनों ने मिलकर रात में खूब नाचने गाने का मजा लिया|दो दिन कैसे बीत गए पता ही नहीं चला|सीमा भी शीतल के और करीब आ गयी और शीतल का भी व्यवहार उसके साथ दोस्तों जैसा हो गया था|

सोमवार को सीमा का बदला हुआ रूप दिखा ख़ुशी और आत्मविश्वास से भरपूर|श्यामली मैम ने उसे ब्रेक टाइम में क्लास में ही रहने को कहा|वह उससे कुछ बात करना चाहती थी|ब्रेक में मिलते ही पूछा --

'कहो सीमा अब कैसी है तुम्हारी तबीयत ?'

'ठीक है मैम|'

'सौरभ की याद आती है या उससे अभी भी मिलती हो ?सीमा चौंक उठी|उसे ऐसा लगता था कि मैम इस बारे में नहीं जानती है इसलिए उसने अनजान बनते हुए कहा – कौन सौरभ ?

'नाटक न करो, तुम्हारी सहेलियों से मैंने सब पता लगा लिया है|'- मैम ने थोड़ी सख्ती से कहा|

'मैम ,आपको जब सब पता है तो आप मेरे मन की हालत भी समझती होंगी '- सीमा ने हथियार डालते हुए कहा|

'तभी तो तुमसे यह सब पूछ रही हूँ|जरा से आकर्षण को प्यार समझ कर जीवन मरण का प्रश्न बना लिया था तुमने|तुम्हे अपना और घरवालों का जरा भी ख़याल नहीं आया|'

सुनकर वह सर झुकाकर नीचे देखती रही फिर अचानक बोल पड़ी –'तो क्या करती मैम , जब सौरभ ने मेरी उपेक्षा शुरू कर दी मुझे ऐसा लगा कि मेरे जीवन में कुछ रहा ही नहीं इसलिए मैं जीना ही नहीं चाहती थी|उस दिन मैंने सच में फिनायल पीने की कोशिश की थी पर

हिम्मत नहीं हुई|मैंने फिल्मों में देखा था कैसे अपनी नस काटकर हीरो या हीरोइन आत्महत्या कर लेते हैं इसलिए मैंने वो भी इंतजाम कर लिया था पर उस दिन घर जाकर देखा तो वे चीजें मेरे बैग में नहीं थी शायद किसी सहेली ने निकाल लिया था| फिर आपने एक -एक करके इतना काम दे दिया कि मुझे सोचने का मौका भी नहीं मिला|'

'तो अब मौका मिलने पर फिर जान देने की कोशिश करोगी ?'

'नो मैम, अब ऐसी गलती नहीं होगी|पढ़ाई से मन उचट गया था पर इस एक सप्ताह के दौरान आप के द्वारा दिए गए कार्यों से मेरा हौसला बढ़ गया है| मेरा खोया आत्मविश्वास लौट आया है||मम्मी से मेरी दोस्ती हो गयी है| अब सारी बातें मम्मी को बताती हूँ वे भी मेरे हर काम में मेरी मदद करती हैं| अब मैं समझ गयी हूँ कि यही समय अपने भविष्य की नींव रखने का है| मम्मी ने भी समझाया कि यह उम्र प्यार या आकर्षण के लिए बहुत छोटी है|--सीमा की चमकती आँखों में भविष्य के सपने श्यामली मैम को स्पष्ट दिखाई पड़ रहे थे|

'दैट्स लाइक माय ब्रेव गर्ल ....प्राउड ऑफ़ माय चाइल्ड|'उन्होंने उठकर उसकी पीठ थपथपाई|

'लेकिन मैम एक बात कहूँ|अभी भी सौरभ को देखने और मिलने का मन करता है|पर मैम, परेशान न हों|मैंने मन को मजबूत बना लिया है और आप देखिएगा इस बार मेरा रिजल्ट बहुत अच्छा होगा|'---सीमा ने बड़े विश्वास से कहा|

'आल द बेस्ट सीमा ',जैसे ही श्यामली मैम ने कहा बेल बज गयी और सीमा क्लास में जाने के लिए उठ खड़ी हुई|

और खतरा टल गया था|

श्यामली मैम के चेहरे पर राहत के भाव थे लेकिन वे एक सप्ताह पहले की घटनाओं के बारे में सोच रही थी कि कितनी अफरातफरी मची थी|उस दिन सीमा की सहेलियों से जानकारी मिलने के बाद उन्होंने जाकर सिस्टर को बताया तो सिस्टर और श्यामली मैम ने तय कर लिया कि इस मामले को बड़ी नजाकत से हल करना है क्योंकि लड़की डिप्रेस्ड होने के कारण आत्महत्या तक करने की सोच रही है| अगर उसके साथ जबरदस्ती या डांट- फटकार की जाएगी तो वह और टूट जायेगी और

उसका भविष्य बनने से पहले ही बिगड़ जाएगा| वह कुंठा और हीन भावना से ग्रस्त हो जाएगी|इसलिए पहले उसे अपने विश्वास में लेना होगा फिर उसे डिप्रेशन से निकालना था|

लंच के बाद सिस्टर ,क्लास टीचर श्यामली मैम और सीमा की मम्मी बैठे थे|सबने मिलकर यह निर्णय लिया कि सीमा को इस डिप्रेशन से निकालने के लिए हम सबको उसका सपोर्ट सिस्टम बनना होगा और योजनाबद्ध तरीके से काम करना होगा|घर और स्कूल दोनों ही जगह उसे विश्वास में लेकर काम किया गया और उसी का परिणाम था कि खतरा टल गया|

...... और एक मासूम जिन्दगी गुमराह होने से बच गयी|

3

विरक्त मन

माता पिता के अहम् का टकराव जब उनके आपसी सम्बन्ध में कटुता घोल देता है तो अनजाने में ही उनके बड़े होते बच्चों का जीवन भी प्रभावित होता है|उनकी उदासीनता बच्चों को जीवन से विरक्त करने लगती है|उनकी ख़ुशी तो माता पिता दोनों के साथ है|ऐसे में उनका अपरिपक्व मन कहाँ अपनी ख़ुशी तलाशे और कैसे ? इसी का समाधान तलाश रही है यह कहानी....

'मौली..मौली क्या कर रही हो ...मैं कब से गाडी में बैठा तुम्हारे आने का इन्तजार कर रहा हूँ और एक तुम हो कि तुम्हारे काम कभी ख़त्म होने का नाम ही नहीं लेते ..जल्दी करो '...राजेश ने जोर से बोलते हुए कार का हॉर्न बजाया|

'आ रही हूँ बाबा ,इतना शोर क्यों मचा रहे हो|एक काम हो तब न खुद तो गाडी में जाकर बैठ जाते हो|घर बंद करने का जिम्मा मुझे दे देते हो तो सब देखना पड़ता है ...पंखे ,बत्तियां,गैस कुछ खुला न रह जाए | मुख्य दरवाजे की कुण्डी में ताला लगाते हुए मौली ने भी तेज आवाज में जवाब दिया|

'अरे गुस्सा क्यों होती हो मैं तो इसलिए जल्दी करने को बोल रहा था कि डॉक्टर के यहाँ पहुँचने में देर न हो जाए ,बड़ी मुश्किल से एप्वाइंटमेंट

मिला है|'राजेश ने धीरे से कहा क्योंकि वे मूड खराब करना नहीं चाहते थे|

आज मौली को सिटी हॉस्पिटल में डॉक्टर मुखर्जी के पास रूटीन चेकअप के लिए नौ बजे का समय मिला था और अभी आठ बज चुके थे|राजेश ने गाडी आगे बढाई|समय से दस मिनट पहले ही वे वहां पहुँच गए|सारे चेकअप में उन्हें दो घंटे लग गए| इसके बाद राजेश दवा लेने के लिए दवा काउंटर के पास लगी लाइन में लग गए|मौली धीरे-धीरे चलती हुई वहीं एक बेंच पर बैठने ही वाली थी कि किसी ने पीछे से आवाज लगाईं ..मौली दी|मौली ने पीछे मुड़कर देखा एक सुदर्शन व्यक्तित्व का युवा गले में स्टेथोस्कोप डाले तेजी से उसकी ओर बढा चला आ रहा है|

'क्यों दीदी पहचाना मुझे?' पैरों पर झुकते हुए उसने कहा|मौली ने गौर से उसे देखा फिर पहचान कर खिल उठी –'अरे ! नितिन तुम! इतने दिनों बाद और यहाँ कैसे ?'

'मौली दीदी मैं डॉक्टर बन गया हूँ और यहीं पर इंटर्नशिप कर रहा हूँ|'

'वो तो मैं स्टेथोस्कोप देखकर ही समझ गयी थी|इतने दिनों बाद ...मुझे लगता है तुम्हारे टेंथ के एग्जाम के बाद हम आज ही मिल रहे हैं| पर कुछ भी हो बड़ा अच्छा लग रहा है|'

'दीदी, वो मैं टेंथ के बाद दिल्ली चला गया|वहीं से बारहवीं की परीक्षा दी फिर ए,एफ.एम.सी. पुणे से मेडिकल की पढ़ाई की|लगता है आपलोगों ने घर बदल लिया था|कई बार छुट्टियों में मैं जब यहाँ आया और आपसे मिलने आपके घर गया लेकिन आपलोग वहां नहीं थे|' नितिन ने बताया|

'हाँ हमलोगों ने दूसरा घर ले लिया था|अभी सेक्टर 18 में रह रहे हैं|आओ न किसी दिन|'

'अवश्य दीदी ,लेकिन अभी तो मुझे जाना होगा|अभी वार्ड में ड्यूटी है मेरी|ये मेरा कार्ड है इसमें मेरा मोबाईल नंबर है|कॉल करियेगा|अच्छा नमस्ते.. चलता हूँ ...कॉल करना मत भूलियेगा ...'

और वह तेजी से निकल गया| मौली विचारों में गुम उसे जाते देखती रही|

'मौली वहां कहाँ देख रही हो ? देखो सारी दवाइयां मिल गयीं है|इन्हें बैग में ठीक से रख लो...' सुनते ही मौली की तन्द्रा भंग हुई|

'अरे जानते हो ,अभी मुझ से मिलकर कौन गया ...नितिन ..अरे वही नितिन...याद है जब हम सेक्टर 10में रहते थे तो हमेशा मुझसे मिलने आया करता था|'मौली ने उत्साहित होते हुए कहा|

'अच्छा वो जो अपने घर से बहुत परेशान रहता था|'

'हाँ वही ,अब डॉक्टर बन गया है और अभी यहाँ इन्टर्नशिप कर रहा है|'

'चलो अच्छा है ,उस समय तो उसकी हालत देखकर मुझे भी चिंता हो जाती थी ..'.कहते हुए राजेश ने गाडी स्टार्ट की|

घर पहुंचकर मौली का ध्यान किसी काम में नहीं लग रहा था|जरुरी काम निबटाकर हाथ में चाय का प्याला लेकर वह बालकनी में जा बैठी|उसे सात साल पहले की बातें याद आने लगीं|नितिन के बारे में सोचने लगी|राजेश से ब्याह कर वह इस नए शहर में आ गयी थी|राजेश जो सुबह आठ बजे ऑफिस जाते शाम को छह बजे ही लौटते|दिन भर वह खाली ही रहती इसलिए शहर के एक बड़े स्कूल में हिंदी शिक्षिका के पद के लिए आवेदन किया और चुन ली गयी|स्कूल की बस घर तक आती, इसलिए आने जाने की समस्या नहीं थी|पढ़ाने में मन भी लग रहा था और समय भी अच्छा कट रहा था|

तभी एक दिन कुछ ऐसा हुआ जिसका अनुभव कुछ अलग था|

कक्षा 9बी ..अंतिम पीरियड में मौली की हिंदी क्लास थी| वह हरिवंशराय बच्चन की कविता 'निशा निमंत्रण 'पढ़ा रही थी|वह पंक्तियों की व्याख्या करती हुई विद्यार्थियों को समझा रही थी ....

हो जाये न पथ में रात कहीं ,मंजिल भी तो दूर नहीं ,यह सोच थका दिन का पंथी जल्दी-जल्दी चलता है ...दिन जल्दी जल्दी ढलता है|......इसमें मुसाफिर में थके होने के बावजूद भी अपने लक्ष्य तक पहुँचने की जल्दी है क्योंकि उसे डर है कि कहीं रात न हो जाए|हर प्राणी जो सुबह काम की तलाश में निकलता है शाम तक उसमें घर पहुँचने की जल्दी होती है क्योंकि घर पर लोग उसका इन्तजार कर रहे होते हैं|....मौली ने विद्यार्थियों को और अच्छे से समझाने के लिए उन्हीं का उदाहरण देते हुए कहा --- जैसे तुमसब को घर जाने की जल्दी होगी और घंटी बजने का इन्तजार कर रहे होगे|'

ध्यान से सुन रही पूरी क्लास एक साथ चिल्ला पड़ी – 'यस मिस '|उनके साथ एक और आवाज ने मौली का ध्यान खींचा वह थी 'नो मिस'| सबको शांत करने के बाद उसने पूछा यह 'नो मिस' किसने कहा ?'

पिछली बेंच पर बैठा एक लड़का उठ खड़ा हुआ –'यस मिस मैंने कहा| मेरा मन घर जाने का नहीं करता है|' मौली ने देखा उसके चेहरे पर उदासी के साथ एक उद्दंडता थी जैसे उसे किसी की परवाह न थी|

'क्यों तुम्हारे मम्मी-पापा यहाँ नहीं हैं क्या ?'

'हैं ,मैं उन्हीं के साथ रहता हूँ| मम्मी डॉक्टर हैं और पापा इंजीनियर हैं|'

'तब क्यों मन नहीं लगता है ?'

'मेरा मन है ...नहीं लगता है बस|' बड़ी ढिठाई के साथ उसने जवाब दिया|

जब तक मौली उसे उसकी इस हरकत के लिए डांटे या कुछ पूछे घंटी बज गयी और बच्चे जाने के लिए उठ खड़े हुए|

मौली की बस ड्यूटी थी इसलिए उसे सेकेंड ट्रिप से जाना था|जैसे ही वह अपने घर के पास के बस स्टॉप पर स्कूल बस से उतरी तो सामने एक लड़के को साइकिल के साथ खड़ा पाया जैसे वह उसी का इन्तजार कर रहा हो|उन्हें उतरता देख वह उसके पास आ गया|

मौली ने देखा अरे यह तो वही लड़का है जिसने क्लास में नो मिस कहा था|जब तक वह कुछ कह पाती वह सामने आ गया|

'गुड इवनिंग मिस मैं नितिन ..पहचाना..आपकी क्लास 9बी में हूँ| आई एम वेरी सॉरी, मिस मुझे आपसे इस तरह बात नहीं करनी चाहिए थी|--नितिन के स्वर में सचमुच पछतावा था यह मौली ने महसूस किया|

'वो तो सब बाद में ,पहले यह बताओ तुम यहाँ कैसे ?घर में बताकर आए हो न|'

'यस मिस मैं यहीं आधे किलोमीटर की दूरी पर रहता हूँ|उसने साथ चलते हुए कहा –मिस आपने मुझे माफ़ कर दिया न|'

लो , मेरा घर आ गया ,चलो वहीं बैठ कर बातें करते हैं| --मौली बैग से चाभी निकलकर ताला खोलते हुए उसे ड्राइंग रूम में बैठने को कहकर

अन्दर चली गयी और पानी के दो ग्लास लिए बाहर आई|

'पहले पानी पियो फिर बताओ कि क्या परेशानी है ?क्यों तुम्हें घर में मन नहीं लगता है ?क्या तुम्हारे मम्मी पापा बहुत स्ट्रिक्ट हैं ?'

'नो मिस ,ऐसा कुछ नहीं है ,वैसे ही मैंने कह दिया था|-उसने नीचे देखते हुए कहा| शायद वह कुछ बताना नहीं चाह रहा था|लेकिन उसके चेहरे से बेचैनी साफ़ झलक रही थी|

मौली को लगा कि वह समझ नहीं पा रहा है कि उसे अपनी बात बतानी चाहिए या नहीं|इसलिए उसने प्यार से कहा --- 'ठीक है अगर कोई बात नहीं है तो अच्छी बात है लेकिन अगर कोई समस्या है तो बता सकते हो|क्या पता मैं तुम्हारी कुछ मदद कर सकूँ|'

एक पल को नितिन ने बड़े ही ध्यान से मौली को देखा शायद वह सोच रहा था कि क्या मेरी परेशानी का हल इनके पास मिल सकेगा|मौली ने उसके असमंजस को भांप लिया इसलिए बोली –'तुम अपनी परेशानी मुझसे शेयर कर सकते हो|विश्वास रखो मैं तुम्हारी टीचर हूँ|मेरा तो काम है अपने विद्यार्थियों की उलझनों को सुलझाना|मैं किसी से नहीं कहूँगी भरोसा रखो|'

प्रॉमिस न मिस, किसी को नहीं बताएंगी|'

'हाँ प्रॉमिस ,चलो अब बताओ क्या बात है ?मौली ने उसका विश्वास जीतने के लिए कहा|

'मिस, मेरा घर में मन इसलिए नहीं लगता है कि मेरे मम्मी पापा हमेशा लड़ते रहते हैं|'

'नहीं, ये तो कोई बात नहीं हुई मन न लगने की ,छोटी मोटी लड़ाई तो हर घर में होती है|'

'नहीं मिस, ये वैसी वाली लड़ाई नहीं है|वे छोटी-छोटी बात पर लड़ते हैं|एक दूसरे के लिए गालियाँ निकालते हैं|इन्हें यह भी ध्यान नहीं रहता है कि मैं भी वहीं हूँ और सारी बातें सुन रहा हूँ|मुझ पर क्या असर होगा ?'—कहते-कहते नितिन आवेश में आ गया|

मौली ने उसके कंधे पर हाथ रखकर उसे शांत करते हुए कहा –'जब इस तरह की बात होती है तो तुम अपना कमरा बंद कर लिया करो|न सुनोगे न परेशान होगे|'

'वो भी कर के देख लिया, मिस कोई फ़ायदा नहीं|मिस, मैं अपने दादा दादी के पास रहता था| क्लास 7तक वहीं पढ़ा|वहाँ आगे की पढ़ाई के लिए कोई अच्छा स्कूल नहीं था इसलिए पापा यहाँ ले आये|यहाँ आकर यही सब देखना पड़ रहा है|शुरू में मुझे कुछ समझ नहीं आता था क्या हो रहा है|जैसे दोनों ड्यूटी से घर लौटे नहीं कि महाभारत शुरू|एक ग्लास पानी और एक कप चाय के लिए भी तू-तू मैं-मैं चालू|'

नितिन बोलता जा रहा था जैसे आज वह अपने भरे मन को खाली कर देना चाह रहा हो और मौली ध्यान से उसकी बातें सुन कर जैसे उसे मन को खाली करने का मौका दे रही थी|

'आप नहीं जानती है मिस कई बार मैंने इनकी लड़ाई टेपरिकार्डर में टेप भी की है कि उनको सुना कर कहा कि देखिए आप किस प्रकार लड़ते हैं लेकिन उस का भी कोई असर नहीं हुआ|पापा से उत्तर मिला तुम्हारी मम्मी ही तो शुरू करती है और मम्मी से कि सारी गलती तुम्हारे पापा की है|धीरे-धीरे इस डेढ़ साल में इन सबका आदी हो गया हूँ|अब मैं अपना ज्यादा दिमाग नहीं लगाता|'

'वेरी गुड ! तुम तो बड़े समझदार निकले|यही तो मैं बोलना चाह रही थी|तब अब समस्या क्या है? अब मन क्यों नहीं लगता ?

'बताता हूँ मिस, बात यहीं तक रहती तो मुझे फर्क नहीं पड़ता|एक दिन इनके घमासान में मुझे इनके लड़ने की वजह का पता चला|शायद मम्मी मुझे जन्म देना नहीं चाहती थी क्योंकि उन्हें आगे पढ़ना था, घरवालों के दबाब में आकर मुझे जन्म दिया|बाद में मुझे दादाजी के पास रखा गया ताकि वे आगे पढ़ सकें पर वह एम.डी.नहीं कर सकीं| इसके लिए वह पापा को जिम्मेदार ठहराती हैं और इसी बात को लेकर हमेशा सुनाती हैं|तब से मुझे ऐसा लगता है कि मैं ही इन सबका दोषी हूँ|--कहते-कहते नितिन की आँखें बरस पड़ीं|

तेरह-चौदह साल का यह लड़का कितना कुछ सह रहा है यह देख मौली की आँखें भी नम हो गईं| उसने उठकर उसके सर को सहलाते हुए चुप करने की कोशिश की|

.....जानती हैं मिस ,उस दिन मैं गुस्से में पास के रेलवे ट्रैक तक मरने चला गया था कि जब इन्हें मेरी जरुरत ही नहीं तो मेरे रहने का क्या

फायदा|बहुत देर तक कोई ट्रेन नहीं आयी तो मैं लौट गया.... तब तक मेरा गुस्सा भी शांत हो चुका था .... लगा कि मैं गलत करने जा रहा था|उनके झमेले में मैं अपना जीवन क्यों बर्बाद करूँ ?तब से जब उनके बीच झगडा शुरू होता है मैं साईकिल लेकर सड़क पर दूर निकल जाता हूँ|किसी पेड़ के नीचे या किसी पार्क में शान्ति से बैठकर प्रकृति का आनंद लेता हूँ और घंटे भर में लौट आता हूँ|घर के प्रति क्या जीवन के प्रति भी मेरी अरुचि दिनोंदिन बढती ही जा रही है|'—अब तक नितिन ने अपने आपको संभाल लिया था|उसने रुमाल से अपनी आखें पोंछीं|

थोड़ी देर सन्नाटा छाया रहा|दोनों में से किसी ने कुछ नहीं कहा|नितिन के मन का बोझ हल्का हो गया था उसके चेहरे का तनाव समाप्त हो चला था| मौली नितिन के दुख से अभिभूत हो चुकी थी उबरने में थोडा समय लगा|

उसने चुप्पी तोड़ते हुए कहा -यू आर अ ब्रेव बॉय...जीवन से इस तरह निराश नहीं होते|जीवन ईश्वर से हमें मिला सबसे बड़ा उपहार है|इसे गंवाने या बर्बाद करने का हमें कोई अधिकार नहीं है|अपना जीवन बनाना या बिगाड़ना हमारे स्वयं के हाथों में है|जैसी भी परिस्थितियाँ हमारे जीवन में आयें हमें हमेशा उसी में से अपना रास्ता निकलना पड़ता है|'

अपनी बात आगे बढाते हुए मौली ने कहा – बस तुम जो साईकिल लेकर बाहर निकलकर कहीं एकांत में बैठ जाते हो इसको बंद करो|अभी तुम बहुत छोटे हो कुछ भी हादसा हो सकता है|'

'तब मैं क्या करूँ मिस|उनके झगडे मुझे पागल कर देंगे|'--नितिन जोर से बोल पड़ा|

'अपने इस समय को तुम किसी रचनात्मक कार्य में लगाओ|तुम अपनी भावनाओं को कागज़ पर उतारना शुरू करो|उस समय जो भी तुम्हारे दिमाग में आता है लिख डालो|इससे क्या होगा तुम्हारी भड़ास भी निकल जाएगी और तुम्हारे लिखने की प्रैक्टिस भी हो जाएगी|हाँ ,एक बात और जब भी तुम्हें लगे कि तुम अपने को नहीं संभाल पा रहे हो या गलत बातें दिमाग में आ रही हैं तो सीधे मेरे यहाँ आ जाओ|इसे अपना ही घर समझो|ठीक है न|'

'सच मिस ,मैं आपके पास आ सकता हूँ ?'नितिन ने हैरान होते हुए कहा क्योंकि कोई टीचर अपने यहाँ क्यों आने को कहेगी|

'हां बाबा ,हर शनिवार को स्कूल की छुट्टी रहती है न, दिन के समय आ जाया करो|साथ बैठेंगे, तुम्हारी पढ़ाई की भी बातें करेंगे|' मौली ने नितिन को लगभग पुचकारते हुए कहा|

'श्योर मिस ! काफी देर हो चुकी है अब मुझे जाना चाहिए|पापा के ड्यूटी से लौटने का टाइम हो रहा है|'

'ओके मिस !चलता हूँ बाय|'

'बाय नितिन !संभल कर जाना....

गेट तक पहुँच कर नितिन एकदम पलटा और भागकर मौली के पास पहुंचकर बोला –'क्लास 11और 12 वाले आपको दीदी कहकर बुलाते हैं ,मैं भी आपको दीदी बुला सकता हूँ ?'

'क्यों नहीं ? तुम तो मेरे छोटे भाई की उम्र के हो ...मेरे भैया ...'पता नहीं क्यों नितिन पर उसे बहुत प्यार आ रहा था|

इतना सुनना था कि वह जिस तेजी से आया था उसी तेजी से.. बाय दीदी... बोलता हुआ साईकिल पर सवार हो निकल गया|

मौली उसकी इस हरकत पर मुस्कराए बिना न रह सकी|

सोचते-सोचते आज भी मौली के चेहरे पर मुस्कराहट खिल उठी|

उसके बाद नितिन हर शनिवार को 11 बजे तक आता डेढ़ दो घंटे रूककर चला जाता|

मौली भी उसका इन्तजार करती और नाश्ते में कुछ ऐसी चीजें बनाकर रखती जो इस उम्र के बच्चों को पसंद होती|नितिन भी बड़े चाव से खाता|

एक दिन उसने से कहा –'दीदी आप खिचड़ी बनाना जानती हैं ?'

'हाँ आता है, पर तुम क्यों पूछ रहे हो ?'

'वैसे ही|जब मैं दादाजी के यहाँ रहता था तो दादी हर शनिवार को खिचड़ी बनाती थी|बड़ा अच्छा लगता था|'

'ऐसा कहो न तुम्हें खिचड़ी खाने का मन है| शैतान कहीं के|'-मौली ने कहा तो नितिन मुस्करा उठा और बोला – 'दीदी आपको कैसे पता चल जाता है|'

'यही तो अंतर है टीचर और स्टूडेंट में|'

उस दिन मौली ने उसको खिचड़ी बनाकर खिलाई|अब नितिन के चेहरे पर स्वाभाविक मुस्कान रहती|उसने बताया वह रोज की बातों को डायरी में लिखता है|अब पापा मम्मी की बातें ज्यादा परेशान नहीं करतीं|उसका पढ़ाई में भी मन लगने लगा था|

तभी एक दिन वह रविवार को शाम में अचानक आ पहुंचा ...चेहरे पर तनाव था|

'क्या हुआ ?....इस समय अचानक यहाँ ....सब ठीक है न .. मौली ने घबराते हुए नितिन से पूछा|

'आज मम्मी पापा घर में रहते हैं तो झगडा होना तो स्वाभाविक है|मैं पढ़ाई कर रहा था|झगड़ने की आवाज इतनी तेज थी कि मैं उन्हें बोलने के लिए उठा कि जरा धीमी आवाज में झगड़ा कीजिये तो जो बातें सुनाई पडीं उससे यही लगा कि बहुत जल्द ही तलाक लेने वाले हैं|अब क्या होगा दीदी ?मुझ पर ही तो सबसे ज्यादा असर पड़ेगा|इस साल मुझे बोर्ड देना है|अगर मैं इन सबसे परेशान रहा तो बोर्ड में अच्छे नम्बर नहीं आएँगे और अच्छे कॉलेज में एडमिशन नहीं मिलेगा|मेरा तो भविष्य बर्बाद हो जाएगा|' कहते-कहते वह रुआंसा हो गया|

मौली को भी एक झटका सा लगा लेकिन उसने खुद को संयत कर पहले नितिन को बैठा कर पानी दिया फिर समझाने की कोशिश की|

'देखो जब दो लोगों के विचार नहीं मिलते हैं तो उनका अलग हो जाना ही बेहतर होता है|तलाक लेना तुम्हारे मम्मी पापा का निर्णय है| तुम्हारे लिए तो सच में बुरा हुआ|तुम इसमें कुछ नहीं कर सकते|बस एक बात है तलाक मिलने में साल- दो साल लग जाते हैं|तुम्हारे पास समय है खूब मन लगाकर पढो|अच्छे अंक लाओ जिससे दिल्ली में किसी अच्छे कॉलेज में एडमिशन ले सको|फिर वहीं अपनी मेडिकल की तैयारी करो|'

मौली की बातों का उस पर असर हुआ|उसके माथे से चिंता की लकीरें हलकी पड़ीं| कुछ देर रूककर वह चला गया|

नितिन की मेहनत रंग लाई|बोर्ड में उसे 95%मार्क्स आए और वह दिल्ली में एडमिशन लेने के कार्य में बिज़ी हो गया इसलिए मिलने न आ सका|

उन्ही छुट्टियों के बाद मौली को शारीरिक अस्वस्थता के कारण स्कूल छोड़ना पड़ा और घर भी बदलना पड़ गया| इस तरह न तो नितिन से जाने से पहले मुलाकात हो पाई और न ही उसकी कोई जानकारी मिल पाई|लेकिन उसके बारे में सोचती रहती कि नितिन को कितनी मानसिक तकलीफों से गुजरना पड़ा था|माता-पिता के रिश्तों की कडवाहट किस तरह उसके किशोर मन को उद्दंड बना चुकी थी|अभिभावक क्यों नहीं समझ पाते हैं कि उनके आपसी अहम् का टकराव उनके बच्चे को मानसिक रूप से असंतुलित कर सकता है और वह गलत कदम भी उठा सकता है|खैर ,उसके प्रयासों से वह संभल जरुर गया था|जीने का उत्साह भी जाग गया था|

और आज उसी नितिन से मिलकर मौली को एक ख़ुशी और संतुष्टि का अनुभव हो रहा था|

हाँ उसके मन में जिज्ञासा थी कि उसके मम्मी पापा का क्या हाल था|उसने सोचा जब वह उससे मिलेगी तब पूछ लेगी|

एक दिन शनिवार को मौली ने फोन कर रविवार के लंच की दावत दी|बड़ी ख़ुशी से वह मान गया|

रविवार को लंच के बाद सब ड्राइंग रूम में बैठे खीर का मजा ले रहे थे ,खीर उसे बहुत पसंद थी इसलिए मौली ने खासकर बनाया था|

खाते हुए उसने मुझसे पूछ ही लिया – दीदी आपको अभी तक याद है कि मुझे खीर पसंद थी|

'क्यों तुम्हे क्या लगा मैं भूल जाऊंगी|तुम्हारी सारी बातें याद हैं|अच्छा एक बात बताओ घर में सबलोग ठीक है न ....हाँ तुम्हारे मम्मी पापा कैसे हैं ? 'मौली ने मन की बात पूछ ही ली|

'हाँ सब ठीक है दीदी' चलिए न.... मुझे आपने अपना पूरा घर नहीं दिखाया अभी तक ...दिखाइए न कहता हुआ वह उठ खड़ा हुआ जैसे उसे घर देखने की जल्दी हो|

हाँ क्यों नहीं चलो दिखाती हूँ –कहते हुए वह भी उठ खड़ी हुई|मौली समझ चुकी थी कि वह अब इस विषय पर बात करना नहीं चाहता था|

जाते समय बह बोलकर गया कि उसका इंटर्नशिप का एक महीना ही बचा है और यह काफी व्यस्त रहेगा क्योंकि कुछ असाइनमेंट सबमिट

करने होंगे इसलिए बीच में तो नहीं आ सकेगा लेकिन जाने के पहले जरुर मिलता जाएगा|

महीने भर उसके आने का मैं इन्तजार कर रही थी| वह तो नहीं आया पर उसका एक पत्र आया –

आदरणीया दीदी ,

अचानक मुझे यहाँ से जाना पड़ा और आपसे नहीं मिल सका| उस दिन आपके प्रश्न को मैं टाल गया था क्योंकि मैं फिर से मन में कडवाहट नहीं लाना चाहता था|ज्यादा नहीं सिर्फ आपसे यही शेयर कर सकता हूँ कि सब अपनी जिन्दगी अपने हिसाब से जी रहे हैं मै उनकी जिंदगी में कभी कभी आने वाले मेहमान की तरह हूँ| हाँ, पढ़ाई का सारा खर्च वही उठा रहे हैं|खैर छोडिये मैं यह बताना चाहता था कि आपका उपकार मैं कभी नहीं भूल सकता हूँ| आपने मेरे कठिन समय में एक हमदर्द और बड़ी दीदी बनकर जो स्नेह दिया और जो मार्ग सुझाया उसने मुझे और मेरे जीवन को बिखरने से बचा लिया| पोस्टिंग होते ही खबर करूंगा|जब कभी अवसर मिलेगा जरूर मिलने आऊंगा|

आपका छोटा भाई,

नितिन

मौली पत्र पढ़ते हुए सोच रही थी कि नितिन के जिन्दगी से विरक्त मन में जीवन के प्रति आसक्ति का अंकुर अब पल्लवित हो चुका है| यह एक अच्छा संकेत है|

4

मुक्ति

कोई किसी बच्चे को कितना भी प्यार कर ले लेकिन बच्चा अपने माता पिता को ही अपना संसार समझता है| यह कहानी ऐसे बच्चे की है जो जन्म के समय ही माँ की मृत्यु के पश्चात मौसी के पास रहता है और पूरा प्यार पाता है|लेकिन जैसे जैसे उसमें समझ आती जाती है वह पिता और अपने भाई बहनों के साथ रहने के लिए बेचैन हो उठता है लेकिन मन में एक अपराध बोध भी है| इससे कैसे मुक्ति पाए ?.....

टन...टन....टन असेम्बली की घंटी बजी| स्टाफ रूम में बैठे हम सारे शिक्षक- शिक्षिकाएं उठ खड़े हुए क्लास टीचर्स को अपनी - अपनी क्लास को लेकर असेम्बली ग्राउंड में जाना था और सब्जेक्ट टीचर्स को हर फ्लोर का अनुशासन देखना था| नए सेशन का पहला दिन| सभी बच्चे नयी यूनिफार्म में दमक रहे थे| नयी क्लास में जाने का उत्साह छलका पड़ रहा था|

असेम्बली ख़त्म होने के बाद मैं अपनी कक्षा 6 सी को लाइन में लेकर क्लासरूम में आयी| सभी बच्चे बैठ कर विषय की किताब और कॉपी निकालने लगे| मैंने हाजिरी लेनी शुरू की|--

अमिताभ ....यस मिस

अनोखी ....यस मिस

वैभव ....प्रेजेंट मिस|...इस तरह नाम पुकारते - पुकारते मैं रोल नंबर 40 ,सौविक बख्शी तक पहुंची| दो तीन बार नाम पुकारने पर भी कोई उत्तर नहीं मिला तो मैंने पूछा – क्या सौविक एबसेंट है ?

पूरी क्लास एकसाथ चिल्ला पड़ी –'नो मिस ,ही इज प्रेजेंट| वह आपके सामने ही फर्स्ट बेंच पर बैठा है|'

मैंने सामने देखा एक सुन्दर लड़का अपने में खोया बैठा हुआ है| मैंने जोर से बुलाया- 'सौविक '

जैसे उसकी तन्द्रा टूटी '–य..य..यस.....यस मिस|' सारी कक्षा हंस पडी|

मैंने उससे और कुछ नहीं कहा आगे अटेंडेंस लेने लग गयी|

उस दिन ज्यादा बातें न हो सकीं क्योंकि सारा समय बच्चों को डायरी देने और रूटीन लिखवाने में लग गया| शेष समय उनका परिचय लेने में|

इस तरह लगभग एक सप्ताह बीत चला था| पढ़ाई ने भी गति पकड़ ली थी| लेकिन सौविक के हाव-भाव में कोई परिवर्तन नहीं देखने को मिला|

एक दिन मैंने उससे पूछा – 'पिछली कक्षा में तुम्हारे कितने मार्क्स थे ?'

'मिस 85%'

'अरे वाह !तुम्हारे तो बड़े अच्छे मार्क्स आये थे| इस बार कितना लाने का इरादा है ?'

उसने कोई जवाब नहीं दिया| एक बच्चे ने उठकर कहा – 'मिस , ये पढने में बहुत तेज है पर पिछले सेमेस्टर से इसे न जाने क्या हो गया है ऐसे ही खोया रहता है खेलता भी नहीं|'

मैंने देखा सौविक उस लड़के की तरफ वैसी ही सूनी निगाहों से देख रहा था जैसे उनकी बातों से उसे कोई मतलब नहीं|

एक क्लास टीचर होने के नाते हर बच्चे की जानकारी रखना मेरा फर्ज था| इसलिए मैंने एक दिन उसे स्टाफ रूम बुलाकर बड़े प्यार से उसकी पारिवारिक स्थिति के बारे में जानना चाहा|

'सौविक ,बेटे घर में कौन कौन हैं ?'

'मम्मी ,पापा ,भैया और मैं|'

'अच्छा ,तुम दो भाई हो ,बहन भी है?'

'नहीं-नहीं , तीन भाई और एक बहन|'

'अच्छा वे कहाँ रहते हैं और कहाँ पढ़ते हैं ?'

'वे बर्दवान में रहते हैं|'

'क्यों'-- पूछने पर उसने कोई जवाब नहीं दिया|चुप खडा रहा|

पढ़ाई में भी उसकी प्रोग्रेस कुछ अच्छी नहीं रह रही थी| मैंने अपने वाईस प्रिंसिपल से इस सिलसिले में बात की| उन्होंने उसके माता पिता से बात करने की सलाह दी ,सो मैंने उसकी डायरी में उसके माता पिता को लिख कर भेजा कि सौविक की पढ़ाई को लेकर मैं उनसे मिलना चाहती हूँ|

बड़े ही जागरूक अभिभावक थे दूसरे दिन ही दोनों मिलने चले आये| मैं कुछ बोलती कि उन्होंने ही बोलना शुरू कर दिया –' वी आर वेरी सॉरी मैम| हम भी बड़े परेशान है| पढने में इतना अच्छा था पर पता नहीं पिछली गर्मी की छुट्टियों के बाद से ऐसा ही हो गया है| पढने में मन ही नहीं लगता है| हर समय खोया रहता है| ज्यादा पूछने पर चिडचिडा व्यवहार करता है|'

'घर में आपलोगों का व्यवहार उसके साथ कैसा रहता है ? क्या आपलोग काफी स्ट्रिक्ट है ?'

'नहीं हमारा व्यवहार सामान्य ही रहता है| दोनों बच्चों के साथ एक जैसा ही| उसके व्यवहार बदलते देख हमने यही सोचा कि अभी बारह साल का है| इस समय से लड़कों में कुछ हार्मोनल चेंजेस होने शुरू होते हैं शायद ये उसी का परिणाम है|'

बच्चों के नाम पर याद आया कि उसने तीन भाई बहनों का जिक्र किया था सो मैंने पूछ ही लिया –'आपके और तीन बच्चे आपके साथ क्यों नहीं रहते ?'

'हमारे और तीन बच्चे? ये किसने कहा आपसे ? हमारे तो दो ही बच्चे है|'

'स्वयं सौविक ने बताया' – मैंने कहा|

मिस्टर और मिसेज बख्सी ने एक दूसरे की आँखों में देखा और लगा कि उन्होंने आँखों -आँखों में ही कुछ बातें कीं|

मिसेज बख्शी ने बोलना शुरू किया –‘ मैम, हमलोग सौविक के सामने ये सब बात नहीं करते हैं| लेकिन आपको बता रहे हैं कि सौविक हमारा बेटा नहीं है| वह मेरी बहन का बेटा है जो इसको जन्म देते ही चल बसी| उस समय इसके पिता भी शोक में डूबे रहते थे| इस नवजात शिशु की देखभाल करने वाला कोई भी न था सो मैं इसे अपने साथ ले आयी| मेरा भी एक बेटा दो साल का था दोनों बच्चों को अपने सीने से लगाकर पाला|

उसके पिता ने दूसरी शादी कर ली| उससे उनके दो बेटे और एक बेटी है| अब जब सौविक बड़ा हो रहा है तो इसके पिता ने कहा कि छुट्टियों में इसे हमारे पास भेज दिया कीजिये| सो इधर कई सालों से छुट्टियों में वहां जा रहा है|”

‘क्या उसे पता है कि वो उसके पिता का घर है ?’—मैंने पूछा|

‘पहले छोटा था तो उतना अंतर नहीं कर पाता था लेकिन अब कुछ –कुछ समझ में आने लगा है| एक दिन मुझसे पूछने लगा –‘ मैं अपने बाबा के साथ क्यों नहीं रहता जबकि मेरे भाई –बहन उनके साथ रहते हैं| ‘

‘हमने समझाने की बहुत कोशिश की कि हमलोग भी तो तुम्हारे बाबा-माँ हैं|वह छोटे से हमें ही माँ बाबा बोलता है और वैसा ही व्यवहार हमारा आपस में है जैसा सगी औलाद का अपने माता पिता के के साथ होता है| अब कुछ बोलता नहीं सिर्फ गुमसुम रहता है|’

सच में मेरे लिए यह एक नया अनुभव होने के साथ एक चुनौती भी थी| उस समय सौविक के पेरेंट्स को यह बोलकर विदा किया कि देखती हूँ उससे बात कर उसके मन की गाँठ खोलने की कोशिश करती हूँ|

मैं धीरे धीरे उसका विश्वास जीतने की कोशिश करने लगी| कक्षा में सबके सामने उसकी तारीफ़ करती| कुछ दिनों के लिए उसे मोनीटर बना दिया| कक्षा में पीछे नोटिस बोर्ड सजाने का काम पांच बच्चों को दिया तो उसमें उसे भी शामिल किया |

धीरे धीरे उसके चेहरे की उदासीनता मिटने लगी|वह थोडा मुखर होने लगा था| मुझसे अपने कुछ सवाल पूछने से नहीं हिचकता|

एक दिन इंग्लिश टीचर मिसेज माथुर मेरे पास आई और कहने लगीं कि कल उन्होंने मेरी कक्षा में माय फैमिली पर एसे लिखने दिया था ,देखिये सौविक ने क्या लिखा है –

पूरे लेख का सार यही था कि मेरी दो फैमिली है एक यहाँ रहती है और दूसरी बर्दवान में|यहाँ जो मेरे बाबा, माँ हैं वो मुझे खूब प्यार करते है|मुझे मेरे पसंद की सब चीजें लाकर देते हैं माँ मेरा खूब ख़याल रखती है|अच्छा खाना बनाकर खिलाती है और पढने में मदद करती है| भैया मुझे साईकिल की सैर कराता है| मेरी दूसरी फैमिली बर्दवान में है हर गर्मी की छुट्टियों में मैं वहीं जाता हूँ| वहां मुझे बहुत अच्छा लगता है| मेरे दो भाई और बहन सभी मुझे बहुत प्यार करते है| इस बार मेरी छोटी बहन ने कह दिया –दादा आप हमलोग के साथ क्यों नहीं रहते ? आपके रहने से कितना अच्छा लगता है| तब से मैं समझ नहीं पा रहा हूँ कि मैं कहाँ रहूँ| मन में एक घुटन सी होती है| यहाँ भी माँ-बाबा है पर फैमिली तो अपने माता पिता से ही होती है न|

सारा पढने के बाद मुझे सौविक की मनोदशा का अंदाजा होने लगा था|

मैंने अपने वाइस प्रिंसिपल की सलाह से एक दिन सौविक और उसके माता-पिता को साथ बुलाकर बात करने की कोशिश की|

वाइस प्रिंसिपल ---सौविक अपने मम्मी पापा को जो तुम्हारे मन में है वो बताओ|

सौविक – मैं अपने घर बर्दवान जाना चाहता हूँ|

क्यों बेटा , हमारा घर तुम्हारा नहीं है क्या ?तुम तो शुरू से यहीं रहे हो –उसकी माँ की आँखों में आंसू थे|

हाँ माँ ,लेकिन वहां मेरे पापा हैं , छोटे भाई बहन हैं|

यहाँ भी तो बाबा हैं , भैया है| इतने अच्छे स्कूल में पढ़ रहे हो|

'पापा ने कहा है कि मेरा एडमिशन करा देंगे| मेरी पढ़ाई का नुकसान नहीं होगा|'

'बेटा हर छुट्टियों में चले जाना लेकिन यहीं रहो|

'नहीं माँ , आपके पास छुट्टियों में आ जाया करूँगा| मेरा यहाँ किसी काम में मन नहीं लगता है| हमेशा वहीं की याद आती है , सो प्लीज मुझे

वहां जाने दीजिए|

मैंने भी समझाने की कोशिश की कि पर वह अड़ा रहा| उसके मन में अपने पिता के साथ रहने की इच्छा थी|

अंत में यही निर्णय लिया गया कि इस सेमेस्टर के बाद तुम वहां एडमिशन ले लेना| इतना सुनना था कि कई परतों के बीच दबी उसकी ख़ुशी , उसकी हंसी अचानक एक साथ उस के चेहरे पर फूट पडी|जैसे मन की कोई गाँठ खुल गयी हो और वह अपने को मुक्त महसूस कर रहा हो|

यहाँ उसके माता-पिता (मौसा-मौसी) अत्यंत दुखी थे| उन्होंने उसे अपनी औलाद की तरह जो पाला था|

पर सौविक के मानसिक विकास और शारीरिक स्वास्थ्य के लिए यह बड़ा जरुरी था| जिस रास्ते पर वह जा रहा था आज न कल यह निर्णय तो उन्हें लेना ही पड़ता|

सेमेस्टर के एग्जाम के बाद एक दिन सौविक अपने माँ बाबा (मौसा और मौसी) के साथ मिलने आया|

उसने बताया कि उसका एडमिशन एक अच्छे स्कूल में हो गया है| कल उसे जाना है इसलिए आशीर्वाद लेने आया है|

एक अच्छा विद्यार्थी खोने का दुःख तो मुझे था लेकिन इससे बड़ी ख़ुशी इस बात की थी कि वह अब सामान्य बालक की तरह व्यवहार कर रहा था| मैंने उसके उज्ज्वल भविष्य की कामना की और यहाँ आने पर मिलने को कहा|

उसने कहा – अवश्य मिस| अच्छा मिस मैं अपने दोस्तों से मिलकर आता हूँ| '

जब वह अपने अन्य दोस्तों से मिलने गया तो उसके पेरेंट्स ने कहा – 'हम आप के और इस स्कूल के शुक्रगुजार हैं कि इतने बड़े निर्णय लेने में सहायता की नहीं तो हम खुद बहुत कशमकश में थे कि क्या करें| उसके मोह में हम उसके मन को नहीं समझ पा रहे थे| उसको खुश देखकर बड़ा अच्छा लग रहा है| इस बार रिजल्ट भी काफी अच्छा हुआ है| '

वह दोस्तों से मिलकर आ चुका था|

'माँ ,बाबा चलो अभी जाने की तैयारी भी तो करनी है|'

'अच्छा, प्रणाम मिस|'

वह उत्साह में उनको खींचता हुआ ले जाने लगा|

मैंने मुस्कुरा कर हाथ हिलाया|

संतोष इस बात का था एक बच्चा भटकाव से बाहर आ चुका था|

कई बार हम अपनी परेशानियों में उलझे रहने के कारण या उसके प्रति मोह में अंधे होने के कारण इन बड़े होते बच्चों के मन को समझने की कोशिश ही नहीं करते| परिणामतः इनका मासूम मन गलत दिशा की चकाचौंध की और खिंचा चला जाता है और फिर निराशा ही हाथ लगती है|

टन...टन...टन..अगले पीरियड की घोषणा हो गयी और मैं एक नए आत्मविश्वास के साथ अगली कक्षा के लिए निकल पडी|

5

इम्तिहान

बच्चों को बड़ा करना और वह भी जब उसका अपरिपक्व मन गलत रास्तों का चुनाव कर बैठता है- किसी इम्तिहान से कम नहीं है|ऐसे में उसके माता पिता ,शिक्षकों की जिम्मेदारी बढ़ जाती है|कैसे अपने बेटे को सही रास्ते पर लाए इन्हीं उलझनों से जूझते एक पिता की है यह कहानी .....

जैसे ही जतिन ने अपना हेलमेट टेबल पर रखा वैसे ही ट्रिन...ट्रिन ...ट्रिन फोन की घंटी बज उठी|वह अपने में ही बडबडाया – अभी पूरे आठ भी नहीं बजे हैं और बॉस रिपोर्ट लेने को तैयार ,जरा सांस भी नहीं लेने देते| उसने बाएं हाथ से फोन का रिसीवर उठाते हुए दायें हाथ से कुर्सी खींची और बैठते हुए कहा –'हेलो गुड मोर्निंग सर.....'लेकिन उधर से किसी स्त्री की आवाज सुनकर वह चौंक गया|

'हेलो आई एम सिस्टर मारग्रेट फ्रॉम संत.फ्रांसिस स्कूल|में आई स्पीक टू मिस्टर जतिन ?'उधर से आवाज आई|जतिन हडबडा गया|लगता है आज फिर अपूर्व ने कुछ गड़बड़ की है तभी तो उसके स्कूल से फोन आया है|

'गुड मोर्निंग सिस्टर मैं जतिन ही बोल रहा हूँ ... के अलावा वह कुछ बोल न सका उसके शब्द उसके कंठ में ही फंसकर रह गए|अब तो यह

एक सामान्य सी बात हो गयी थी|अपूर्व कुछ न कुछ गलत हरकत कर बैठता था और 'पेरेंट कॉल' हो जाती थी| आज उसने क्या कर दिया... जब तक यह सोच पाता कि उधर से आवाज आई –मिस्टर जतिन वी आर एक्सट्रीमली सॉरी टू हियर दैट योर वाइफ इज सफरिंग फ्रॉम कैंसर|'

'कैंसर ...जतिन के हाथ से फोन का रिसीवर छूटते – छूटते बचा|

'नो सिस्टर वह तो पूरी तरह स्वस्थ है|उसे कैंसर है ऐसा आपको किसने कहा ?'

'आपके बेटे अपूर्व ने अपनी क्लास टीचर को अपना होम वर्क न करने का कारण यह बताया है कि उसकी मम्मी को कैंसर है और सब हॉस्पिटल में उनकी देखभाल में लगे हैं इसलिए होम वर्क करने का मौका ही नहीं मिला| उसकी बात सुनकर हम सब बड़े परेशान हो गए इसलिए आपको फोन किया|' सिस्टर मारग्रेट ने खुलासा करते हुए कहा|

'ओह, तो यह सारी कारस्तानी अपूर्व की है ,यह समझते उसे देर न लगी|तुरंत ही जतिन ने बेटे की इस करतूत के लिए क्षमा मांगी और उसे समझाने का वादा कर फोन जल्दी से रख दिया नहीं तो सिस्टर के गुस्से का सामना फोन पर ही करना पड़ता| अपूर्व पर अभी उसे बहुत गुस्सा आ रहा था कि कोई भी मौका शरारत करने का नहीं छोड़ता है| उसकी शिकायतों के कारण इतनी बार स्कूल जाना पड़ा है कि सारे टीचर उसे पहचान गए है|अब तो जैसे उसे देखते हैं , मुस्कुरा कर पूछ ही बैठते हैं -फिर उसने कुछ किया क्या....और उसकी नजरें नीची ... वही जानता है कि कितनी देर तक उसे उनकी व्यंग्यात्मक हँसी सालती है... लेकिन करे भी तो क्या ...

वह जानता था कि इस समस्या का सामना भी उसे ही करना था समाधान भी उसे ही निकालना था|इसलिए सबसे पहले उसने अपनी पत्नी विनीता को सारी बात बताकर कहा कि वह अपूर्व के स्कूल से लौटने पर उसे इस बात को लेकर डांटे या मारे नहीं , अनजान बनी रहे|वह आकर उसे समझाएगा| वह जानता था कि अन्य सामान्य माताओं की तरह विनीता भी बेटे की किसी भी गलती पर बिना कारण जाने उसे मारने या फटकारने लगती है|

जतिन के लिए उसका बेटा अपूर्व एक समस्या बनता जा रहा था|अभी तो वह कक्षा छह में था लेकिन कक्षा एक से ही उसने ऐसी हरकतें करनी शुरू कर दी थी| कभी किसी लड़के को धक्का दे देना तो कभी किसी की टिफिन खा लेना ,छोटी सी बात पर मार-पीट कर लेना जैसे उसने अपने रोज के कार्यक्रम का हिस्सा बना लिया था| जिसके चलते वह स्कूल में टीचर्स की डांट सुनता और घर में विनीता से मार पड़ती|

जतिन एक बड़ा सुलझा हुआ इंसान था और वह जानता था कि बच्चे जन्म से शैतान नहीं होते हैं, उसके बिगड़ने में उसकी परवरिश और माहौल का प्रभाव होता है|इसलिए वह उससे बड़े धैर्य और प्यार से बात करता|वह उसके व्यवहार के पीछे के कारण को समझने की कोशिश करता|उसको अपने विश्वास में लेने की कोशिश करता|उसे समझाता और उसके समझाने का असर यह होता कि कुछ दिनों तक शिकायत में कमी आ जाती लेकिन फिर वही| अब तो उसका भी धैर्य लगभग टूटने की कगार पर था|

जतिन को याद है कि शुरू- शुरू में जब उसकी शिकायतें ज्यादा आने लगी थीं तो अपूर्व को सामने बैठाकर बड़े प्यार से उसने उससे पूछा था – बेटा, तुमने मोहित को क्यों धक्का दिया ?उसे ज्यादा चोट लग जाती तो ?'

'अच्छा होता ,मुझे हमेशा मोटू मोटू कहकर चिढाता है|पापा ,पहले तो मैं चुप रहता था लेकिन जब अपने दोस्तों के साथ मिलकर चिढाने लगा तो मैंने भी मौका पाते उसे धक्का दे दिया|पहल मैंने नहीं की थी|'अपूर्व ने तेजी से अपनी सफाई में कहा|

'अच्छा तो फिर रोहित का टिफिन क्यों खा लिया ?मम्मी तो रोज तुम्हें तुम्हारी पसंद का टिफिन देती है|'

'वो तो कल उसने मेरा टिफिन चोरी से खा लिया था इसलिए मैंने भी खा लिया|'अपूर्व ने ऐसे जवाब दिया जैसे उसने ऐसा करके कोई गलती नहीं की|

जतिन ने उसे समझाते हुए कहा—बेटा, अगर तुम्हारे साथ कोई गलत करे तो तुम्हें अपनी टीचर को बताना चाहिए न कि मार पीट करनी

चाहिए|तुम्हें मैंने पहले भी बताया था न|तुम तो मेरे बड़े समझदार बेटे हो न|'

हाँ पापा , मुझे आपकी बात याद है|मैंने मिस को बताने की कोशिश की थी लेकिन मिस ने पूरी बात सुने बिना डांटकर मुझे बैठा दिया और रोहित और मोहित मुझे देखकर मुंह छिपा कर हंसने लगे तो मुझे भी गुस्सा आ गया|' दस साल के अपूर्व के चेहरे पर गुस्सा जतिन को साफ़ दिखाई पड रहा था|

जतिन को पता था कि परिवार में इकलौता होने के कारण सारा अटेंशन उसे ही मिलता इसलिए थोडा जिद्दी भी होता जा रहा था|जो चाहता उसे मनवा कर ही दम लेता|उसके मन के खिलाफ कुछ होता तो उसे बर्दाश्त नहीं कर पाता| स्कूल में टीचर्स द्वारा हर एक गड़बड़ी पर चाहे उसने की हो या न उसे ही दोषी मान कर सजा देना और घर में उसके कम्प्लेन आने पर विनीता द्वारा उसकी पिटाई ने उसे उद्दंड बना दिया था| अब उसे इस बात की परवाह ही नहीं थी कि उसकी गलती पर उसे क्या सजा मिलेगी|वह बिंदास मस्ती करता|टीचर्स ने भी उस पर ध्यान देना छोड़ दिया था|जब उसकी शिकायत आती तो ज्यादा पड़ताल न कर उसे सजा दे देती या ;पेरेंट कॉल' कर देती|जतिन को कई बार स्कूल के चक्कर लगाने पड़ते और सबकी बातें सुननी पड़ती|

वह अपने दोस्त घनश्याम की तरह गलती नहीं करना चाहता था|उसका बेटा मोहन भी अपूर्व की तरह ही शरारती था| उसे उसकी शरारतों के लिए दोनों पति पत्नी खूब मारते पीटते|उनका कहना था कि बिना मार खाए ऐसे बच्चे नहीं सुधरते ,मार के डर से ही ये ठीक हो सकते हैं|नतीजा यह हुआ कि अब मोहन इतना ढीठ हो गया था कि उसे किसी से डर नहीं लगता था| गलती करने पर टीचर्स से बात सुनता ,घर में मार खाता और फिर से वही हरकतें शुरू कर देता था| घनश्याम कई बार उससे भी बात चुका था कि वह कैसे मोहन को सुधारे, समझ में नहीं आ रहा|

इसलिए कई बार जतिन ने अलग से अपूर्व के टीचर से मिलकर बात करने की कोशिश की कि उसके 'एग्रेसिवनेश', उसकी उद्दंडता को कैसे कम किया जाये|कुछ टीचर्स ने उसके लिए मन में धारणा ही बना ली थी कि ऐसे शैतान लड़के का कुछ नहीं हो सकता|एक – दो टीचर ने कहा कि

जैसे जैसे यह बड़ा होता जाएगा समझदारी आती जायेगी तो अपने आप शैतानियों में कमी आती जायेगी| जतिन सोचता कि कब वह बड़ा होगा और कब वह समझदार बनेगा|

.....और आज तो हद ही कर दी उसने.. माँ को ही कैंसर का रोगी बना दिया|

जतिन शाम को जब घर लौटा तो एक अस्वाभाविक सी शान्ति घर में छाई हुई थी| अपूर्व कमरे में बैठा अपना होमवर्क कर रहा था|वैसे यह भी एक अजूबा ही था क्योंकि खुद तो कभी पढने नहीं बैठता था उसके पीछे पड़ना पड़ता था|शायद वह अपनी गलती छिपाने के लिए ऐसा कर रहा हो और विनीता नाराजगी का भाव चेहरे पर लिए ड्राइंग रूम में टी.वी.देख रही थी|अगर जतिन ने मना न किया होता तो अब तक वह अपूर्व को पीटकर सारी कसर निकाल चुकी होती|

फ्रेश होकर जतिन अपूर्व के पास बैठकर उसकी पढ़ाई के बारे में पूछने लगा तो वह थोडा असहज सा दिखा|जतिन ने उसे नार्मल करने के लिए पूछा --

'बेटे ! क्या आज होमवर्क ज्यादा मिला है जो इतनी जल्दी पढने के लिए बैठ गए हो ? वैसे पढ़ाई के लिए तुम्हें गंभीर देखकर अच्छा लगा|' पापा की इस बात पर अपूर्व ने कोई जवाब नहीं दिया|

'अच्छा इस बार यूनिट टेस्ट कब से है ?'

'अगले सोमवार से|'

'सारी तैयारी हो गयी कि अभी बाकी है ?'

'कर रहा हूँ पापा, मैथ्स साइंस का तो हो चुका है ,हिस्ट्री और हिंदी अभी कर रहा हूँ, बाकी सब करीब करीब तैयार हो चुके हैं|' अब वह सहज बात कर रहा था|

मौका देख कर जतिन ने पूछ ही लिया – 'अच्छा बेटा तुमने कैंसर के बारे में सुना है या उसके बारे में कुछ पढ़ाया गया है ?'

एकाएक अपूर्व के चेहरे पर हवाइयां उड़ने लगीं|वह सोचने लगा कि लगता है किसी ने उन्हें मेरे आज के कारनामे के बारे में बता दिया| तभी तो मुझसे सीधे नहीं पूछकर इस तरह से जानकारी ले रहे हैं|लेकिन मैं भी उन्हें जानने नहीं दूंगा कि आज क्या हुआ?

पोल न खुल जाए इसलिए अपूर्व ने धीरे से जवाब दिया- 'हाँ मैंने साइंस बुक में उसके बारे में पढ़ा था कि यह एक खतरनाक रोग है| अभी वह चैप्टर नहीं पढ़ाया गया है|'

'जानते हो यह इतना खतरनाक रोग है कि इंसान की जान चली जाती है|'जतिन ने ऐसा बोलकर अपूर्व का रिएक्शन देखना चाहा|वह थोडा डरा सा दिखा लेकिन बोल उठा – नहीं पापा ,आपको नहीं पता यह भी बुखार ,मलेरिया ,टॉयफायड जैसा ही है|मेरा एक दोस्त है सुधांशु, उसकी माँ को कैंसर है और वह बताता है कि उन्हें हमेशा बुखार रहता है|'

'बेटा ,अभी तुम बहुत छोटे हो इसलिए नहीं समझ सकोगे , यही बुखार जानलेवा हो जाता है|भगवान् न करे यह रोग किसी को हो '-इतना कहकर जतिन उठकर जाने लगा|

'सच में पापा इसमें आदमी मर जाता है|'-अपूर्व ने घबरा कर पूछा|पापा की बात सुनकर मम्मी के नाम पर उसने आज जो झूठ बोला था उसे उसका बड़ा बुरा लग रहा था कि ऐसी बात मम्मी के लिए वह सोच भी कैसे सका... अगर सच में मम्मी को कुछ हो जाए तो मम्मी के बिना कैसे रह सकेगा ?

वह रोने रोने को हो आया|चेहरे से घबराहट साफ़ दिखाई पड़ रहा था|उसे घबराया देख जतिन ने पूछा ----'हाँ बेटा ,लेकिन तुम क्यों घबराए हुए हो ?अपने दोस्त की मम्मी के बारे में सोच रहे हो|'

'हाँ पापा - धीरे से बोलकर उसने नजरें झुका लीं|अपूर्व अभी भी यह निश्चय नहीं कर पा रहा था कि पापा को स्कूल वाली बात बताये या नहीं कि उसका झूठ पकड़ा गया है|बताने पर पापा तो ज्यादा कुछ नहीं कहेंगे पर मम्मी से मार पड़नी निश्चित है|

'मुझे ऐसा क्यों लग रहा है अपूर्व कि तुम मुझ से कुछ कहना चाहते हो या कुछ छिपा रहे हो|-जतिन ने जानबूझकर उससे पूछा| घबराओ नहीं, अगर कुछ कहना चाहते हो तो बेफिक्र हो कर कहो|'

इतना सुनते ही वह रो पड़ा|जतिन ने उसे चुप कराते हुए कहा-' रोने की क्या बात है तुम्हारे दोस्त की मम्मी ठीक हो जाएँगी|'

'नहीं मैं उनके लिए नहीं रो रहा हूँ| आज मुझसे बहुत बड़ी गलती हो गयी है| मैंने होम वर्क नहीं किया था तो मैंने सजा पाने के डर से टीचर

को कह दिया कि मम्मी को कैंसर हो गया है इसलिए नहीं कर सका|झूठ पकड लिए जाने पर मिस ने सजा दी जैसी कि हर बार मुझे मिलती है|उस समय मुझे बुरा नहीं लगा पर आपकी बातों को सुनकर मम्मी के लिए बुरा लग रहा है कि मैंने उन्हें कैंसर का रोगी बना दिया|कितना बुरा हूँ मैं ...कहकर वह फूट फूट कर रोने लगा|

किसी तरह जतिन ने उसे चुप कराया|जब अपूर्व पूरी तरह शांत हो गया तो उसने पूछा -तुम इस तरह की गलती करते ही क्यों हो वह भी जानबूझ कर|झूठ तुम कब से झूठ बोलने लगे|अभी तक तो सिर्फ लड़ने – झगड़ने की शिकायत ही आती थी|अब अगर झूठ बोला है तो सजा तो भुगतनी ही पड़ेगी| जाओ मम्मी से माफ़ी मांगो और प्रॉमिस करो कि आगे कभी झूठ नहीं बोलोगे|'

'आई प्रॉमिस पापा, अब कभी झूठ नहीं बोलूंगा लेकिन मुझे मम्मी माफ़ कर देगी न पापा|'अपूर्व के चेहरे पर पश्चाताप के भाव थे|

विनीता कमरे के बाहर खड़ी बाप-बेटे का वार्तालाप सुन रही थी उसे अपूर्व पर बहुत गुस्सा भी आ रहा था लेकिन अब उसके गलती मान लेने पर वह अपने को न रोक सकी और आगे बढ़कर बेटे को गले लगा लिया और कहने लगी कि वह जानती है किउसका बेटा बड़ा समझदार हो गया है|

जतिन इस बात पर खुश था कि कम से कम अपूर्व में इतनी समझ तो आई कि सही क्या है और गलत क्या है|

और सच में एक महीने तक उसकी कोई कम्प्लेन नहीं आई|जतिन को उस टीचर की बात सही लग रही थी जिसने कहा था कि जैसे जैसे वह बड़ा होता जाएगा समझदारी आती जायेगी वैसे वैसे शैतानियाँ कम होती जायेंगी|

लेकिन एक शाम को जब वह दफ्तर से लौटा तो देखा कि विनीता अपूर्व को थप्पड़ मारे जा रही थी और बोले जा रही थी –'बोल फिर चोरी करेगा !तुम्हारी किस मांग को हम पूरी नहीं करते हैं फिर तुम्हें पैसे चुराने की जरूरत क्यों पड़ी|आज सौ रूपये चुराए हैं कल और बड़ी चोरी करेगा|'

'नहीं मम्मी मैंने पैसे नहीं चुराए हैं' अपूर्व मार खाता जा रहा था और चोरी से इनकार करता जा रहा था| जतिन को लगा यह मारने का

कार्यक्रम लम्बा चला तो अपूर्व पर गलत प्रभाव डालेगा| अगर उसने सच में चोरी की है तो ज्यादा मार से गलती तो नहीं स्वीकारेगा और ढीठ बन जाएगा|अगर उसने चोरी नहीं की है तो यह सजा ज्यादती होगी|

उसने अपनी जेब से एक सौ का नोट निकाल कर सोफे के पास गिरा दिया और कहा -विनीता तुम अपूर्व को इसी सौ के नोट के लिए मार रही हो यह तो मुझे कोने में सोफे के पास गिरा मिला|'

'अच्छा मैंने तो बहुत ढूँढा था मुझे तो नहीं मिला था '-विनीता ने आश्चर्य से कहा|

'तुमने ध्यान से नहीं खोजा होगा और बिना कुछ सोचे समझे इसे पीटने लगी| जतिन ने उससे यह कहते हुए अपूर्व की ओर देखकर कहा –'जाओ बेटे हाथ मुंह धोकर पढने बैठो|'

विनीता और अपूर्व दोनों ही हक्के बक्के... विनीता को अभी भी यकीन नहीं हो रहा था कि जिस सौ के नोट को वह सुबह से कई बार ढूँढ़ चुकी थी..... वह कोने में सोफे के पास कैसे ? और अपूर्व हैरान .... जिस सौ के नोट को चुरा कर आज उसने दोस्तों के साथ कैंटीन में छोले भटूरे खाए वह सोफे के पास कैसे..... ?जरूर पापा ने उसे मार से बचाने के लिए ऐसा किया होगा|अब उसे अपने आप पर गुस्सा आने लगा.. क्यों वह दोस्तों के बहकावे में... ओह पापा से तो उसने प्रोमिस किया था कि वह झूठ नहीं बोलेगा और आज... उसने उन दोनों का भरोसा तोड दिया.. छिः कितनी बड़ी गलती उससे हो गयी है| वह अपने कमरे में जाकर चुपचाप बैठ गया|किसी काम में उसका मन नहीं लग रहा था|पापा से आँख मिलाने की हिम्मत उसमें नहीं थी इसलिए उसने एक पेपर में अपनी गलती की क्षमा मांगते हुए प्रॉमिस किया कि आगे से ऐसी गलती कभी नहीं करेगा और अनुरोध किया कि वे मम्मी को यह सब न बताये क्योंकि वह उनकी नजरों से गिरना नहीं चाहता था|

रात में खाना खाने के बाद वह चुपके से जतिन को पेपर पकड़ा कर अपने कमरे में भाग गया|

जतिन को इतना तो लग रहा था कि चाहे कोई भी स्थिति हो सही या गलत अपूर्व जरूर उसके पास आएगा| पत्र पढ़कर उसने कुछ निर्णय लिया|

अगला दिन रविवार था| सुबह जतिन ने घर में सबको बताया आज हमसब जैविक उद्यान घूमने जायेंगे|सुनते ही अपूर्व की तो बांछें खिल गयी|वह जतिन से जाकर लिपट गया और कहने लगा –'सच पापा ,तब तो बड़ा मजा आएगा|'

'हाँ बेटे ,जल्दी से तैयार हो जाओ ..... नाश्ता करके निकलते हैं या क्या कहते हो ..बाहर ही तुम्हारी पसंद का कुछ खाते हैं|'

'तब तो और भी मजा आ जाएगा पापा –चाउमीन, सोयाचिली और आइसक्रीम ...मेरे तो मुंह में अभी से पानी आ रहा है' -अपूर्व ने होंठों पर जीभ फेरते हुए कहा| तेरह साल का अपूर्व आज किसी सात आठ साल के बच्चे जैसा उत्साहित दिख रहा था|

'अरे, अरे मैंने आज जो सन्डे के स्पेशल नाश्ते की तैयारी की है उसका क्या ?- विनीता ने कहा| 'छोड़ो भी , उसे फ्रिज में रख दो शाम को खा लेंगे|बस जल्दी से सबलोग तैयार हो जाओ|'जतिन के कहने पर सब तैयार होने में लग गए|

पूरा दिन जैविक उद्यान में तरह-तरह के पशु पक्षियों को देखने में लग गया|

अपूर्व ने जी-भर कर मस्ती की और आज जतिन ने उसे पूरी मस्ती करने दी|वह पूरी तरह से उसका विश्वास जीतना चाहता था|जहां जहां उसने सवाल किये अलग से कुछ जानना चाहा सबके उत्तर जतिन ने बड़े धैर्य से दिए| वह उसके मन से माता पिता का यह भय निकालना चाहता था कि गलती कर बचने के लिए झूठ का सहारा ले और यह भी बताना चाहता था कि वह अपनी हर बात माता पिता से शेयर कर सकता है|

शाम को घर लौटने तक सब थक कर चूर हो गए थे|रास्ते भर कार में अपूर्व जानवरों और पक्षियों की बातें ही करता रहा|रात में सोने के पहले जब जतिन उसके कमरे में उसे देखने गया तो उसे देखते ही अपूर्व ने उसका हाथ पकड़ कर अपने मस्तक से लगाते हुए बोला- थैंक यू वेरी मच पापा|'

'किस बात के लिए थैंक यू घुमाने के लिए.....

'उसके लिए तो है ही लेकिन उससे पहले मुझे माफ़ करने के लिए और फिर मुझे समझने के लिए|मैं वादा करता हूँ कि अब आपको मेरे कारण

कभी नीचा नहीं देखना पड़ेगा|'अपूर्व की आँखें छलक पडीं|

'मुझे तुम पर पूरा विश्वास है मेरे बच्चे ,ज्यादा मत सोचो ,चलो सो जाओ|कल स्कूल के लिए सुबह भी उठना है ,गुड नाइट 'कह कर जतिन ने बेटे का माथा चूम लिया और बत्ती बुझा कर तेजी से निकल गया|

जतिन का मन भी भर आया था लेकिन मन में एक सकून भी था कि बेटे को सही गलत की समझ आ रही है|

इसके बाद से अपूर्व के व्यवहार में बदलाव स्पष्ट रूप से दीखने लगा|वह पढ़ाई के प्रति गंभीर हो गया|शरारतें भी कम होने लगीं|अब टीचर्स की सिर्फ यही शिकायत रहती कि क्लास में बहुत बात करता है|

लेकिन तभी एक दिन दोपहर में लगभग ढाई बजे स्कूल के प्रिंसिपल फादर जॉन का फोन आया कि वह कल 9 बजे उनसे आकर मिले|वे अपूर्व के बारे में कुछ जरूरी बात करना चाहते हैं|

जतिन सोच में पड़ गया कि ऐसी कौन सी बात हो सकती है जिसके लिए फादर ने बुलाया है ..क्या फिर से अपूर्व ने कुछ गलत कर दिया ....नहीं नहीं पिछले छः महीने में उसकी कोई शिकायत नहीं आई है.... ..फिर उसका व्यवहार बताता है कि अब शैतानियों की तरफ से उसका ध्यान हट गया है ......खैर, कल तो मिलना है ही|

शाम दफ्तर से घर लौटा तो स्वाभाविक रूप से वह चिंतित था|घर के अन्दर कदम रखा ही था कि अपूर्व भागता हुआ आया और कहने लगा – 'पापा आपको एक जरूरी बात बतानी है|'

'अच्छा थोडा रुको, मैं फ्रेश होकर आता हूँ|'

'नहीं पापा, पहले आप मेरी बात सुन लीजिए तब फ्रेश होइएगा|'- अपूर्व जिद करने लगा|

'अच्छा चलो बताओ क्या बताना चाह रहे हो ?'

'पहले मेरी पूरी बात सुन लीजिएगा तब अगर नाराज होना होगा तो नाराज हो लीजियेगा|'

'यानी नाराज होने वाली बात तो जरुर है' -जतिन बोल उठा

पता नहीं ...आप बताइयेगा ....हाँ तो आज स्कूल में लंच के समय मैं अपने चार दोस्तों के साथ मॉनिटर से पूछकर पानी की बोतल लेने क्लास में गया था|अचानक उनमें से एक मजाक में रोहन को मारकर

भागने लगा|रोहन उसको पकड़ने दौड़ा तो खिड़की के पास खड़े मुझसे टकरा गया|मैं बचाव के लिए पीछे हटा तो खिड़की से टकराया तो उसका शीशा क्रैक हो गया और रोहन के टकराने से बेंच उलट गयी और बेंच की एक टांग टूट गयी| मैं घबरा गया था क्योंकि रोहन को पैर में चोट लगी थी ,वह उठ भी नहीं पा रहा था|मुझे भी चोट लगी थी लेकिन चोट की परवाह न कर मैं रोहन को उठाने की कोशिश करने लगा तभी बेल बज गयी सारे बच्चे अन्दर आ गए और मिस के आने पर सारा दोष मेरे ऊपर डाल दिया|मिस ने भी खूब गुस्सा किया| मैंने उन्हें सारी घटने के बारे में बताया पर उन्होंने मेरी एक भी बात ही नहीं सुनी और मुझे फादर के पास भेज दिया|फादर को मैंने सारी बात बतानी चाही पर उन्होंने भी ध्यान नहीं दिया और डायरी में 'पेरेंट कॉल' के लिए नोट लिख दिया|--इतना बोलते-बोलते वह हांफने लगा|

जब तक जतिन कुछ बोले वह फिर बोल उठा – 'पापा ,जिस दिन से मैंने आपको प्रॉमिस किया है उस दिन से मैंने कोशिश करता रहा हूँ कि कोई गलत काम न करूँ|पापा मैं एकदम सच बोल रहा हूँ ,विश्वास कीजिये|

जतिन ने अपूर्व की आँखों में देखा सच्चाई की ताकत थी जो उसे अपनी बात रखने की हिम्मत दे रही थी|उसने बेटे का हाथ अपने हाथों में लेते हुए कहा – 'मुझे तुमपर पूरा विश्वास है बेटे|घबराओ नहीं|कल चलकर फादर से मिलते हैं|'

दूसरे दिन जतिन अपूर्व को लेकर निश्चित समय पर फादर से मिलने पहुंचा|फादर इन्तजार ही कर रहे थे|चैंबर में घुसते ही उन्हें बैठने को कहकर अपनी बात शुरू कर दी –

'मिस्टर जतिन आपको तो पता चल ही गया होगा कि कल आपके बटे अपूर्व ने स्कूल का कितना नुकसान कर दिया है|इतने सालों से हम इसकी सारी गलतियों को माफ़ करते आये हैं लेकिन यह तो सुधरने का नाम ही नहीं ले रहा है| इसलिए हमलोगों ने निर्णय लिया है कि अब इसको टी सी दे दिया जाय|आप इसका एडमिशन कहीं और करवा दीजिये|

जतिन को आशा नहीं थी कि बात यहाँ तक पहुँच जाएगी|उसे समझ नहीं आ रहा था कि वह क्या बोले|फिर भी हिम्मत कर कहा –फादर मैं मानता हूँ कि अरूप से कई गलतियां हुई हैं ,उसने स्कूल के नियमों को भी तोडा है पर इस बार इसकी गलती नहीं है|पिछले छः महीनों में इसकी एक भी शिकायत नहीं आई है|अब धीरे- धीरे सँभलने लगा है|ऐसे में अगर आप बिना गलती की सजा देंगे तो क्या यह फिर कभी सुधर पाएगा|'

'आप ऐसा इसलिए कह रहे हैं कि इसने आपको अपनी गलती छिपाकर सारी बात बताई है|पूरी क्लास गवाह है इसकी ....कभी झूठ बोलता है कि माँ को कैंसर है तो कभी दूसरे बच्चों के साथ मारपीट करता है| कितना बर्दाश्त किया जाए ...इसलिए अब हम इसे अपने स्कूल में नहीं रख सकते|आप टी सी ले लीजिये|--फादर जॉन ने दो टूक शब्दों में कहा|

जतिन घबरा गया कि फादर तो टी सी देने पर उतारू है.... कुछ सुन ही नहीं रहे हैं|टी सी लेने पर इस बीच सेमेस्टर में उसे कहाँ एडमिशन मिलेगा ? साल खराब तो होगा ही साथ ही बच्चे का मनोबल टूट जाएगा| अब वह क्या करे एक बार आग्रह कर के देखता है---

'फादर ,अगर आप अभी इसे निकाल देंगे इसकी तो पढ़ाई ही चौपट हो जायेगी|बीच सेमेस्टर में इसे कहीं एडमिशन भी नहीं मिलेगा|इसलिए कृपाकर के इसे एक मौका दे दीजिए|इस बीच अगर कोई भी शिकायत मिलेगी तो मैं खुद इसे स्कूल से निकाल लूंगा लेकिन अभी इसे मत निकालिए|इसे अंतिम चेतावनी दे कर छोड़ दीजिए|प्लीज फादर ......जतिन ने हाथ जोड़ दिए|

फादर ने अपूर्व से कहा –'देख रहे हो अपने पापा को तुम्हारे कारण कितने दुखी है ,कितने शर्मिंदा हैं|पापा को सॉरी बोलो कि आगे से ऐसी कोई गलती नहीं करोगे|'

अपूर्व ने सर झुकाए ही 'सॉरी पापा' कहा|

'देखिये मिस्टर जतिन, मैं आपकी परेशानी भी समझता हूँ|आपके इतना आग्रह करने पर एक लास्ट चांस देता हूँ लेकिन अगर कुछ भी गड़बड़ी हुई तो फिर टी सी ही एकमात्र समाधान होगी|'-फादर जॉन ने

निर्णय सुनाते हुए कहा|

जतिन को तो जैसे जीवन मिल गया हो|उसने फादर का बहुत -बहुत धन्यवाद किया|अपूर्व ने भी फादर से आगे गलती न करने की प्रॉमिस की|फादर ने भी आगे के लिए शुभकामनाएं देते हुए उन्हें विदा किया|

रास्ते भर अपूर्व की आँखों के सामने अपने पापा का फादर के सामने हाथ जोड़ कर गिडगिडाने वाला रूप ही घूमता रहा|उसे अपने ऊपर शर्मिंदगी महसूस हो रही थी|घर पहुँचते ही उसने पापा से कहा -पापा आज मेरे कारण आपको फादर के सामने लज्जित होना पड़ा|आपको मैं विश्वास दिलाता हूँ कि अब मैं ऐसा बनकर दिखाऊंगा कि फादर और टीचर्स स्वयं आपको बोलेंगे कि आपके बेटे पर आपके साथ स्कूल को भी गर्व है|

जतिन ने आश्चर्य से अपूर्व की ओर देखा और कहा -किसने कहा कि मुझे तुमपर गर्व नहीं है|मैं तुमपर गर्व करता हूँ ,तुम्हारी सच्चाई पर गर्व करता हूँ लेकिन स्कूल में सबके आरोपों का मुंहतोड़ जवाब देने के लिए खूब मेहनत करनी होगी|यही उत्साह बनाए रखना|'

'पापा जब आप मेरे साथ हैं तो मेरे लिए कुछ भी असंभव नहीं है|- अपूर्व की आँखों में थी विश्वास की चमक ,,,,, नयी राह पर चलने की तत्परता|

जतिन की आँखों में इम्तिहान में सफल होने की ख़ुशी थी तो एक भरोसा भी था कि अब बेटे की नाव डगमगाएगी नहीं| वह मजबूत हौसले की पतवार के सहारे सही दिशा में निकल पड़ी है..........अपनी मंजिल की ओर ....अनंत आकाश को छूने ....

इस घटना के चार साल बाद आज अपूर्व का बारहवीं का रिजल्ट आया है 96 प्रतिशत अंक लेकर उसने स्कूल में दूसरा स्थान पाया है| दस दिनों बाद आई.आई टी.के परिणाम में उसे 250वां रैंक मिला|

जतिन और अपूर्व दोनों को फादर जॉन ने बधाई देते हुए कहा -हमें गर्व है कि हमारे स्कूल को अपूर्व जैसा छात्र मिला लेकिन एक बात मैं आपसे जरुर कहना चाहूँगा कि यह आपका अपूर्व पर विश्वास ही था जिसके कारण अपूर्व यहाँ तक पहुँच सका ,हमसब ने तो आशा ही छोड़ डी थी|अगर हर माता पिता इसी तरह अपने बच्चे का विश्वास जीत सकें

तो कोई बच्चा राह से न भटक सके|

जतिन मुस्करा कर रह गया ,वही जानता था कि उसके साथ उसके बेटे ने भी कोशिशों का दामन नहीं छोड़ा था और यह सिलसिला तब तक चलता रहेगा जब तक मंजिल तक न पहुंच जाए ....क्योंकि आसमां और भी है छूने को.......

6

कोई तो हमें थाम लो

पढ़ाई के प्रति अरुचि रखने वाला ,खुराफात करने को आतुर ,लगातार सबके द्वारा अपमानित किये जाने वाला उद्दंड किशोर जिसे अपनी ही सुध नहीं है ,जिंदगी के सही पथ पर चले तो कैसे ? कौन उसका हाथ थामेगा ?

कैप्टन कुशाग्र ने भागते हुए जैसे ही ट्रेन के पहले पायदान पर अपने कदम रखे थे कि ट्रेन ने सीटी दी और धीमे -धीमे आगे बढ़ने लगी|अपने साथ के सामान को अन्दर धकेल कर वह अन्दर घुसा और उसने थोड़ी देर के लिए वहीं खड़े रहकर तेज चलती साँसों को सामान्य होने दिया|

'उफ़.... ये कोलकाता की ट्रैफिक....आज तो मेरी ट्रेन ही मिस हो जाती .....जिधर देखो उधर जाम ....दो घंटे का अतिरिक्त समय लेकर चलने पर भी ये हाल ...अपने में बडबडाते हुए कुशाग्र ने सामान संभाला और अपनी सीट ढूँढने लगा| सेकेंड क्लास एसी कम्पार्टमेंट में उसे ज्यादा दिक्कत नहीं हुई| सामान को व्यवस्थित कर उसने सीट पर बैठकर आस- पास का जायजा लेना शुरू किया|

रात के 11.30 बज रहे थे| सभी अपने-अपने सामान व्यवस्थित करने में लगे थे| फेरीवाले अपना सामान बेचने के लिए डिब्बे में घुस आए थे| उनका शोर तभी थमा जब ट्रेन ने थोड़ी रफ़्तार पकड़ी|

यह 'जोधपुर एक्सप्रेस' सवा तीन तक धनबाद पहुंचा ही देगी और उसके बाद कुछ देर रूककर वह चार बजे तक टैक्सी से बोकारो के लिए निकल लेगा -यह सोचकर कुशाग्र ने सीट पर सर टिकाकर आँखें मूंद लीं|

बोकारो के नाम से ही उसके मन के तार झंकृत हो उठे .....बोकारो.... उसकी कितनी खट्टी मीठी यादें उससे जुडी हैं| कितने सालों बाद वह वहां जा रहा है .....लगभग 15 सालों बाद|

मन उमंग से भरा हुआ है ..हो भी क्यों न , उसके बैच का 'रीयूनियन कार्यक्रम' है जो ....सब आयेंगे ..उसके दोस्त ..उसके टीचर्स ...15 सालोंबाद सबसे मिलेगा....अच्छा क्या वे सब एक दूसरे को देखते ही पहचान लेंगे ..कहाँ वो सत्रह – अठारह की उम्र और अभी 33-34 की उम्र ...कइयों की तो शक्लें भी बदल गयीं होंगी...अच्छा वो मोटा मोहित क्या अभी भी वैसा ही होगा ...वैसा ही होगा तो वह पहचान लेगा नहीं तो मुश्किल होगी .....अगर कुछ ने दाढ़ी- मूंछें रखी होंगी तो उन्हें एकाएक पहचानना मुश्किल ही होगा ...और सबसे मुसीबत तो लड़कियों से मिलने पर होगी .... लडकियां तो वैसे ही शादी और बच्चों के बाद मोटी हो ही जाती हैं.........बेटे कुशाग्र.. उनसे मिलते समय थोडा सावधान ही रहना नहीं तो गलत नाम लेने पर गुस्सा हो हो जायेंगी ....

स्वयं से बातें करते -करते कुशाग्र के होंठों पर अनायास ही हंसी आ गयी|उसने उठकर सीट पर चादर बिछाई और लेट गया और आँखे बंद कर सोने का प्रयास करने लगा लेकिन यह क्या ट्रेन की छुक-छुक के साथ उसका मन तो जैसे अतीत की गलियों की यात्रा के लिए आतुर हो रहा है...........

कुशी ...कुशी ...अरे उठ बेटा..आज फिर तेरी स्कूल बस छूट जायेगी .....पापा गुस्सा करेंगे ,तुम्हें स्कूल छोड़ने के चलते रोज उन्हें ऑफिस के लिए देरी हो जाती है|

'सोने दो न माँ ....उधर घड़ी में देखो... अभी तो सिर्फ आठ ही बजे हैं|'

'नहीं.... अब कोई बहानेबाजी नहीं ...माँ ने उसे लगभग खींचते हुए बिस्तर से उतारा और बाथरूम भेजा|

यह रोज का किस्सा था|उसे लेकर सुबह -सुबह हंगामा होता| कभी उसका बैग सही तरीके से पैक नहीं किया होता तो कभी होम वर्क पूरा

नहीं किया होता| वह भी क्या करें उसका मन इन कामों में लगता ही नहीं .....उसका मन तो हमेशा खेलने के लिए मचलता रहता था|क्लास में भी कुछ न कुछ खुराफात करता ही ......उसे पता था कि ज्यादा से ज्यादा क्या होगा दिन भर क्लास बाहर खड़ा रहना पड़ेगा .....

आज सोचकर भी हंसी आती है कि उस समय उसे बाहर खड़े रहने में भी बड़ा मजा आता था ....आते-जाते सभी को देखता| किसी टीचर के गुजरने पर उन्हें 'गुड मोर्निंग मिस' बोल देता और बाहर खड़े होने का कारण पूछने पर मुंह बनाकर सर झुका लेता .....वे समझ जातीं और आगे बढ़ जातीं ......आने जाने वाले लड़के उसको देखकर हँसते तो वह उन्हें मुंह चिढा देता ..हर दो चार दिन पर 'पेरेंट-कालिंग' हो जाती और उसके बाद ....घर पर वही पापा की मार ,मम्मी की डांट .....धीरे-धीरे वह उद्दंड होता जा रहा था ...अब किसी डांट- मार का असर ही नहीं होता|क्लास में टीचर के द्वारा डांट खाने के बाद उनके सजा देने के पहले ही वो क्लास से बाहर निकल जाता|वे भी उसे चुपचाप जाने देते यह सोचकर कि चलो जितनी देर क्लास में नहीं रहेगा उतनी देर शान्ति से पढ़ाई हो सकेगी| ....अधिकांश टीचर्स ने भी उसके बारे में यही राय बना रखी थी कि अब कुशाग्र का कुछ भी नहीं हो सकता|

लेकिन उसे क्या पता था कि अब उसके जीवन में नया बदलाव आने वाला है|

नए सत्र का पहला दिन .....उसने डांट खाते, मार खाते, दिन-दिन भर क्लास के बाहर रहने की सजा पाते -पाते कक्षा 5 पास कर लिया और अब कक्षा 6 में आ गया था|

पहले दिन की पहली घंटी .....क्लास टीचर के आने के पहले वह आदतन गप में मग्न था|जैसे ही रमा मिस ने कक्षा में प्रवेश किया सब चुप हो खड़े हो गए लेकिन वह अभी भी अपनी बातों में मशगुल था|सबको बैठने का आदेश दे उन्होंने कुशाग्र को खड़े ही रहने को कहा –

'क्या नाम है तुम्हारा ?

'जी, कुशाग्र बोस ....

'क्या तुम्हें नहीं पता है कि क्लास में बात करना अनुशासन के खिलाफ है ?'

वह सिर झुकाए खड़ा था क्योंकि उसके लिए ये डांट कोई नई बात नहीं थी|

इतने सालों से यही तो होता आया था|

'चुप क्यों हो, जवाब दो .....

हर बार की तरह वह बाहर जाने के लिए आगे बढा ......

'कुशाग्र... कहाँ जा रहे हो .....

'अब तो आप क्लास के बाहर खड़े होने की सजा ही देंगी न इसलिए मैं पहले ही चला जा रहा हूँ ...'

'लेकिन किसने कहा कि मैं यह सजा तुम्हें देने जा रही हूँ ....यस क्लास, क्या मैंने ऐसा कहा है ?'

'नो मिस ,पर पिछली कक्षाओं में इसके साथ ऐसा ही होता रहा है' –सामने की बेंच पर बैठे श्याम ने कहा|

'अच्छा !—रमा मिस ने बड़े आश्चर्य के साथ कहा ,फिर उसे बैठने को कह पढ़ाई और सिलेबस के विषय में बताना शुरू कर दिया| उन्होंने सभी को स्वयं का परिचय दस वाक्यों में लिखने का होम वर्क भी दिया|

वह नहीं चाहती थी कि किसी दूसरी टीचर के बारे में बच्चों से बातें हों|

वह भी आश्चर्य में था कि मिस ने उसे सजा क्यों नहीं दी|इसी सोच में पड़ा वह उस क्लास में बात करना ही भूल गया|लेकिन यह असर सिर्फ दो पीरियड भर ही रहा.... उसके बाद तो फिर वही बिंदास कुशाग्र न किसी की चिंता न किसी बात का डर|

दूसरे दिन रमा मिस सबका होम वर्क चेक करने लगीं|चेक करने के बाद क्लास को देखकर कहने लगी ---

'सब बच्चों ने बड़ा अच्छा लिखा है लेकिन कही- कहीं मुझे ऐसा भी लग रहा है कि कइयों ने मम्मी पापा का सहयोग लिया है और कइयों ने कुछ ज्यादा ही अपनी तारीफ़ लिख दी है| पर एक कॉपी मुझे ऐसी भी मिली है जिसमें मुझे कुछ अलग दिखा है और वह है कुशाग्र की|'

वह उस समय बड़ा घबरा गया था|उसने अपने बारे में कुछ भी अच्छा नहीं लिखा था क्योंकि उसके अनुसार सब उसके बारे में वैसा ही कहते थे|

'कुशाग्र ! यहाँ आओ बेटे ,मुझे तो पता ही नहीं था कि तुम्हारी लिखावट इतनी अच्छी है| कितना सुन्दर लिखते हो|बच्चों, तुमलोगों को इसकी लिखावट से प्रेरणा लेनी चाहिए|'

पूरी क्लास के साथ वह भी अपने बारे में ऐसी तारीफ़ सुनकर आश्चर्य में था|

'अच्छा कुशाग्र ,यह बताओ तुमने अपने बारे में सारी कमियाँ लिखी हैं अच्छाई एक भी नहीं लिखी|'

'कैसे लिखूं ...जब मुझ में कोई अच्छाई ही नहीं ....उसने धीरे से कहा|

'ऐसा तो मैं मान ही नहीं सकती| हर बच्चे में अलग अलग विशेषता होती है| अच्छा चलो, मैं तुमको तुमसे ही मिलाती हूँ ....मिलना चाहोगे ? क्यों बच्चों मिलना चाहोगे एक नए कुशाग्र से ....'

'यस मिस' -सभी बोल पड़े ...उनके लिए भी तो यह एक अजीबोगरीब बात थी|

'ओके देन, पूरी क्लास सोचो कि इसमें ऐसी कौन सी बात है जो तुमलोगों को कभी भी अच्छी लगी है ? सोचो......सोचो|'

'मिस, मैं बताऊँ यह ड्राइंग बहुत अच्छी बनाता है|' मोहित ने कहा|

'....और मिस यह बहुत हेल्पफुल है|एक बार मैं टेस्ट कॉपी नहीं लाया था तो इसने अपने पास से एक कॉपी देकर मेरा नंबर कटने से बचा लिया था|' रोहित उठ कर बोला|

'मिस यह बहुत तेज दौड़ता है लेकिन लापरवाही की वजह से इसे मौका नहीं मिलता है|'श्याम ने कहा|

'बस बस ....हाँ तो कुशाग्र, कैसा लगा तुम्हें तुमसे मिलकर| यह कुशाग्र अच्छा चित्रकार है , हेल्पफुल है और अच्छा धावक भी है| बोलो तुम अपने इन गुणों को जानते थे|'

वह आत्मविश्वास से भर उठा था| इसका मतलब है कि मैं भी सबकी नजरों में अच्छा बन सकता

हूँ|

क्या हुआ ? किस सोच में पड़ गए ? तुम्हें भी आश्चर्य हुआ कि तुम में ये गुण हैं ......

बेटा ,अपने गुणों को पहचानो और उस पर काम करो और मैं ये सब बातें सिर्फ कुशाग्र के लिए नहीं कह रही हूँ पूरी क्लास के लिए कह रही हूँ ....तुमसब में कोई न कोई खास गुण हैं उसको जानकर उस पर ध्यान दो|अपने को कम मत आंको|चलो सबलोग प्रॉमिस करो कि आगे से ध्यान रखोगे|'

'प्रॉमिस मिस '- सब एक साथ बोल पड़े थे| अच्छा ,एक बात और ......तुम सब इस क्लास में मेरे लिए नए हो इसलिए मैं एक-एक करके सबके पेरेंट्स से मिलना चाहूँगी|

उसे आज भी वह दिन और उसकी एक-एक बात याद है ....पहली बार उसने खुद को जाना था और जानकर कितना अच्छा लगा था| आज भी वह उस को महसूस कर सकता है|

उसने एक लम्बी और गहरी सांस ली और सोने की कोशिश करने लगा| मोबाईल के टॉर्च से घड़ी देखी.....ओह अभी तो एक ही बजा है| सोने की कोशिश करने पर भी आज नींद जैसे पास भी नहीं फटक रही थी.....मन तो उसका अभी भी अतीत की गलियों में जाने को बेकरार था|

उस दिन के बाद से रमा मिस की क्लास और रमा मिस दोनों ही उसे बहुत अच्छे लगने लगे|उनका कोई भी काम वह छोड़ता नहीं था| उनके लिए उसके मन में बड़ी श्रद्धा थी|

बीच- बीच में कई बार वे क्लास में कहा भी करती -आजकल कुशाग्र बहुत होशियार होता जा रहा है| वह सारा काम समय पर और बड़े अच्छे तरीके से करता है, क्यों क्लास ! मैं ठीक कह रही हूँ न| सभी एकसाथ बोल पड़ते --यस मिस और विषयों के टीचर भी ऐसा ही कह रहे हैं कि इसमें बहुत सुधार हो रहा है|मोहित ने खड़े होकर कहा ---'मिस एक दिन साइंस की क्लास में नया चैप्टर 'डाइजेस्टिव सिस्टम' पढाया जा रहा था और साइंस मिस ने एक अलग तरह का सवाल पूछा , हम में से कोई भी यहाँ तक कि सबसे तेज हिमानी भी उसका जवाब नहीं दे सकी लेकिन कुशाग्र ने जवाब दे दिया|मिस ने भी इसकी काफी तारीफ़ की|'

'वेलडन कुशाग्र ,ऐसे ही आगे बढ़ते रहो कि सब तुम पर नाज कर सकें|'

अपने बारे में सबकी राय बदलता जानकर उसे बड़ा अच्छा लग रहा था| कुछ दिनों बाद उसके पेरेंट्स से मिलने के लिए मिस ने उसकी डायरी में लिखा| जैसे ही उसने अपने पापा को डायरी दिखाई हमेशा की तरह वे आगबबूला हो गए – पता कब तक इसकी शैतानियाँ बंद होंगी और कब तक इसके लिए हमें सुनना पड़ेगा...कब यह लड़का सुधरेगा ....तेरह साल का हो गया है और अब तक वही हाल|

उसके बार-बार यह बताने के बावजूद कि इस बार उसकी किसी शिकायत के लिए नहीं बुलाया गया है सिर्फ मिलने के लिए बुलाया गया है| वे नहीं माने|

उसे इतने सालों बाद भी यह समझ में नहीं आया है कि उस दिन मिस ने पापा को क्या कहा ,क्या गुरुमंत्र दिया कि पापा का रवैया ही उसके प्रति बदल गया| जो पापा हर बात पर उसे ताना मारते, उसका मजाक सबके सामने बनाते अब कुछ नहीं कहते| वे हमेशा उसकी बहन से उसकी तुलना कर उसे निकम्मा नाकारा साबित करने पर तुले रहते अब नहीं करते ,यहाँ तक कि एक दिन मम्मी द्वारा बहन से तुलना किये जाने पर उन्हें भी कड़े शब्दों में आगे से ऐसा न करने की चेतावनी दे डाली|

घर का माहौल अब बदलने लगा था| जिसके कारण उसका आत्मविश्वास बढ़ने लगा और उसके व्यवहार की उद्दंडता धीरे-धीरे जाने लगी| शैतानी करने का मन ही नहीं करता| धीरे-धीरे पढ़ाई के प्रति रूचि बढ़ने लगी जिसके कारण स्वाभाविक तौर पर क्लास में ज्यादा ध्यान देने लगा|पहले पढ़ाई पर ध्यान नहीं देने के कारण किसी तरह 60-65 प्रतिशत अंक ही आते लेकिन अब ध्यान देने के कारण 75- 80 प्रतिशत अंक आने लगे और अच्छे बच्चों में उसकी गिनती होने लगी|

उसे आश्चर्य तब हुआ जब वार्षिक परीक्षा के कुछ दिन पहले पापा ने बड़ी रूचि लेकर उसको पढ़ाना शुरू किया|पापा के इस रूप से अनजान था|वे पेशे से इंजिनीयर थे लेकिन बड़े अच्छे ढंग से पढ़ाते थे|विज्ञान के कई सिद्धांत जो टीचर के कई बार समझाने के बावजूद उसे समझ नहीं आए थे पापा ने अपने तरीके से उन्हें मिनटों में समझा दिया था|अब पापा का व्यवहार पिता ``````````````जैसा कम एक दोस्त जैसा ज्यादा था, इसलिए अपनी किसी भी बात को उनसे बताने में डर नहीं

लगता था|

तभी एक झटका लगा ... ट्रेन झटके के साथ रुक गयी थी ....खिड़की का पर्दा हटाकर देखा खड़गपुर स्टेशन था|अब बोकारो तक का आधा रास्ता तय हो चुका था|एक बार फिर आँखें बंदकर उसने सोने की कोशिश की लेकिन यह क्या क्लास 9 के स्पोर्ट्स डे का वह दृश्य बार-बार आँखों के सामने आ जा रहा था जब उसने 100 मीटर , 200 मीटर और 400 मीटर की दौड़ में प्रथम आकर अपने हाउस को सबसे ज्यादा अंक दिलाकर चैंपियन हाउस बना दिया था|उसके हाउस कैप्टन ने तो ख़ुशी के मारे उसे कन्धों पर उठा लिया था| उसे याद करते अनायास ही उसे यह सोच कर हंसी आ गयी कि जो मम्मी- पापा स्पोर्ट्स डे में आना पसंद नहीं करते थे क्योंकि उन्हें लगता था कि कोई टीचर मिल जाएंगी तो उनके बेटे की शिकायत शुरू हो जाएगी और उन्हें शर्मिंदा होना पड़ेगा, वे अपने बेटे की इस उपलब्धि पर जोर जोर से तालियाँ बजा रहे थे|चेहरे पर गर्व और ख़ुशी दोनों ही भाव थे|

उसने मोबाइल में समय देखा और उठ बैठा ......पंद्रह मिनट में ट्रेन धनबाद स्टेशन पर होगी|उसने सामान ठीक किया और ट्रेन के रुकने का इन्तजार करने लगा|

बोकारो पहुँचने तक लगभग 6 बज चुके थे| बोकारो की सीमा में प्रवेश करते ही ऐसा लगा जैसे वह वर्षों बाद अपने घर लौट रहा है| यहाँ की हवा में ही उसे अपनेपन की खुशबू आ रही थी|उसके पिता तो तो रिटायर होकर कोलकाता में जा बसे थे इसलिए उसके ठहरने की व्यवस्था होटल ब्लू डायमंड में की गयी थी| स्कूल 11.30 तक पहुंचना था इसलिए थोड़ी देर सोने का समय तो था ही|

स्कूल के लिए 11 बजे जब वह निकला तो उत्साह से भरा था| पर जैसे – जैसे स्कूल निकट आता जा रहा था उसकी धड़कने तेज होने लगीं| पहुँचा तो पाया कि लगभग सभी लोग आ चुके थे|फिर मिलने मिलाने का जो कार्यक्रम चल पड़ा तो समय का पता ही नहीं चला लेकिन उसकी आँखें अपने दोस्तों से ज्यादा उन टीचर्स को तलाश रही थी जिन्होंने उसे तराशा था| हॉल के एक कोने में टीचर्स की कुर्सियां लगी थीं|वह भागकर उनसे मिलने वहां पहुंचा|

देखा वहां सारे टीचर्स थे|उसके स्पोर्ट्स सर ,साइंस मिस ,रमा मिस ,इंग्लिश मिस सामने बैठे दिख गए|वह पहले उन्हीं के पास चला गया|

'गुड आफ्टरनून मिस , पहचाना मैं कुशाग्र .....

'ओ..कुशाग्र बोस ....हाउ आर यू एंड बाई द वे व्हाट आर यू डूइंग नाउ अ डेज ?-इंग्लिश मिस बोल पड़ी|

....कुशाग्र ...वही हमारा.....वाईस कैप्टेन ---जब तक वह जवाब देता , साइंस मिस बोल पड़ी थी ----और कुशाग्र तुम्हारा वो साइंस प्रोजेक्ट अभी तक याद है ...क्या नया आइडिया था ...

'थैंक्स मिस ,मैं आर्मी में कैप्टन हूँ और अभी शिलोंग में पोस्टेड हूँ ....और आपलोग कैसे हैं ?अभी आपलोग पढ़ा रहे हैं या रिटायर हो गए हैं ?'

'नहीं अभी हमारे एक दो साल बचे हैं इसलिए तो यहाँ है नहीं तो रिटायरमेंट के बाद कौन यहाँ ?'

वह देख रहा था कि रमा मिस उसे एकटक देखते हुए मुस्करा रही थी लेकिन बोल कुछ नहीं रही थी|

वह उनके पास एक कुर्सी लेकर जा बैठा|

'कैसी हैं मिस आप| आप एकदम चुप हैं|'

'नहीं नहीं ऐसी कोई बात नहीं| इतने दिनों के बाद देखा न तो पुरानी यादें ताजा हो गईं|तुम्हारी शरारतें याद आ गयीं|'

'मिस, अगर आप बुरा न माने तो बरसों से एक बात मेरे दिमाग में जड़ जमाए बैठी है क्या मैं आपसे पूछ सकता हूँ ?'

हां, क्यों नहीं ,लेकिन अपने उत्तर से तुम्हें कितना संतुष्ट कर पाऊंगी यह नहीं कह सकती ?

नो मिस, ऐसी कोई खास बात नहीं मैं सिर्फ यह पूछना चाहता था कि आपने मेरे पापा को उस समय क्या गुरुमन्त्र दिया जो वे बदल गए ?उनके बदलने से मैं भी बदला और अपनी मंजिल पा सका|

'तुम बदल गए इतना ही काफी नहीं है तुम्हारे लिए है ;--रमा मिस की मुस्कराहट और भी गहरी हो गयी|

नो मिस, प्लीज बताइए न ,मेरे मन में हमेशा यह प्रश्न उठता रहता है कि आखिर क्या बात थी जिसने मेरे पिता को मेरे प्रति पूरी तरह बदल

दिया|'

'देखो बेटे, मैं अच्छी तरह जानती हूँ कि कोई भी बच्चा जन्म से शैतानी सीख कर नहीं आता यह उसकी परवरिश और माहौल के असर के कारण होता है ....

इसलिए मैंने तुम्हारे पापा से यही कहा –आप की परवरिश पर मुझे कोई संदेह नहीं है|लेकिन हमें कुशाग्र को सही माहौल देना होगा और इसके लिए आप घर के माहौल को सुधारने की जिम्मेवारी लीजिये और मैं स्कूल की|आप उसके दोस्त बनकर उसका भरोसा जीतिए और मैं उसे प्रोत्साहित कर उसका मनोबल बढ़ाती हूँ|हाँ, एक बात और किसी भी अन्य बच्चे से उसकी तुलना मत कीजिएगा| बस इतना ही ,लेकिन मानना पड़ेगा तुम्हारे पापा ने बड़े धीरज का परिचय दिया| तुम्हें तो पता भी नहीं होगा कि बीच-बीच में वे मुझसे मिलने आते और सलाह मशविरा करते|'

'अच्छा तो अपरोक्ष रूप से आपलोगों ने मेरा हाथ थाम रखा था और मुझे पता तक न चल सका|'

'तुम्हें जानने की जरुरत भी क्या थी ?खैर छोड़ो पुरानी बातें और ये बताओ कि शादी कर ली या अभी तक .....

'यस मिस ,मेरा एक चार साल का बेटा भी है और अभी उसने स्कूल जाना शुरू किया है|'

'अच्छा है ..... लेकिन ध्यान रखना तुम्हें अपने बेटे के लिए मेरे जैसी किसी टीचर की जरुरत न पड़ जाए ....कहते – कहते वह हंस पड़ी|

'नो मिस क्या आपको लगता है कि इतना जानने समझने के बाद मैं ऐसी गलती कर सकता हूँ ..कभी नहीं|'

तभी जोर से म्यूजिक बजने की आवाज आने लगी ....

'चलो ठीक है ,जाओ अब तुमलोगों के डांस करने का समय आ गया है| गो एंड एन्जॉय ...एंड आल द बेस्ट|'

'थैंक यू मिस ....बाय फिर मिलते हैं --कहता हुआ वह डांस स्टेज की ओर बढ़ चला लेकिन मन मयूर तो पहले से ही नृत्य कर रहा था|

www.ingramcontent.com/pod-product-compliance
Lightning Source LLC
La Vergne TN
LVHW101953220826
846093LV00006B/207

* 9 7 9 8 8 8 5 3 0 1 4 6 6 *